KB020113

사흘만 볼 수 있다면

일러두기

본문 중 • 표시는 옮긴이 주입니다.

헬 렌 켈 러 자 서 전

사흘만 볼 수 있다면

헬렌 켈러 지음

박에스더 옮김

사_우

....

나 헬렌 켈러는, 듣지 못하는 사람들에게 말하기를 가르치고
대서양에서부터 로키산맥에 이르기까지
들을 수 있는 사람들의 귀에 참된 말씀이 들리도록 인도한
알렉산더 그레이엄 벨에게 이 책을 바칩니다.

....

손으로 보고
손으로 들은
풍요로운 세상

헬렌이 자서전을 쓴 나이에 나는 결혼을 했다. 스물셋,
혹 자서전을 쓰기에는 너무 어린 나이라고 생각할 수도
있다. 그 나이에 결혼까지 한 나로선 '그 나이에 무슨…?'
이라는 생각을 갖게 하기에 충분했다. 그러나 23장으로
구성된 그녀의 이야기를 한 줄 한 줄 우리말로 옮기면서
나는 내 생각이 얼마나 외람된 것이었는지를 절감했다.

　세상이 온통 눈으로 뒤덮인 외딴 산골, 흥미를 끌 만
한 것이라곤 무엇 하나 있을 리 없는 작은 오두막에 갇

혀 있다고 상상해보라. 당신이라면 그 속에서 무엇을 보고 무엇을 듣고 무엇을 생각하겠는가. 물론 먹을 것도 넉넉하고 추위 걱정도 없다. 게다가 혼자도 아니다. 다시 말해 죽음을 목전에 둔 상황은 결코 아니다.

폭풍우도 잦아들고 눈도 그치고 날씨도 풀린 어느 날, 당신을 찾아온 누군가가 눈 속에서 보낸 며칠이 어떠했는지를 묻는다면 당신은 그에게 뭐라 말해주겠는가. 볼 수 있고 들을 수 있으니 우리가 보고 들은 것이 헬렌이 느낀 것보다 더 풍요로울까? 게다가 자유로이 말할 수 있는 입까지 있으니 우리의 이야기는 얼마나 길고 또 길까.

이 책에서 헬렌은 눈 속에 파묻혀 보낸 사흘을 묘사하는 데 23장 중 한 장을 할애하고 있다. 조금 과장해서 말하건대 눈 세상을 묘사하는 데 365일을 온전히 쓰더라도 그녀의 소회는 충분치 않아 보이기까지 한다. 그녀의 자서전이 세상에 나왔을 때 혹자는 보지도 듣지도 못하는 사람이 어찌 이렇듯 시각, 청각 이미지 일색의 글을 쓸 수 있는가 비평했다고 한다. 나 역시 번역 초기 이런 생각을 했음을 고백한다. 무엇 하나 그냥 넘어가는 법이 없는 그녀의 시청각 묘사가 너무 과하다 싶었기 때문이다. 그러다 바로 이 대목, 눈 속 정경을 묘사하는 글을 우리말로 옮기면서 내 예단이 섣부른 것이었음을 깨달았다.

눈 세상에 대한 그녀의 설명이 거의 끝나갈 즈음 잠시 고개를 든 내 눈앞에 그녀가 머물렀던 눈 덮인 뉴잉글랜드, 난로 주위에 옹기종기 둘러앉은 사람들이 보였다. 한 컷 한 컷 파노라마처럼 펼쳐지는 풍경 앞에서 나는 비로소 빼앗긴 감각으로 하여 더욱 빛나는 그녀의 후각과 촉각과 영감을 발견했다. 볼 수 있고 들을 수 있는 누가 과연 그녀보다 더 훌륭하게 그 눈 세상을 표현할 수 있을까? 아마 단 세 마디로 그저 눈이 왔고 소통이 두절되었으며 밤새 몰아치던 눈보라가 종내는 그쳤다고 말하지 않겠는가.

눈을 뜨고 본다고 해서, 귀로 듣는다고 해서, 입술을 움직여 말한다고 해서 우리가 과연 그녀보다 더 정확한 것을, 더 많은 것을, 나아가 보이는 것 너머의 본질까지도 꿰뚫어보며 풍요로운 삶을 산다고 말할 수 있을까?

나는 원점으로 돌아가 헬렌의 스물세 해를 다시 보기

시작했다. 손으로 보고 손으로 들은 사람이 손으로 적은 글이기에 한 자 한 자 더욱 정성들여 옮기지 않을 수 없었다. 하여, 되도록이면 원문의 낱말 하나도 버려지는 것이 없도록 충실을 기했다. 무엇을 묘사하건 흘러넘치는 그녀의 표현을 좇아 우리말로 옮겨 담기에 한참이나 모자라는 졸문이지만, 천 년을 살 듯 하루를 산 그녀의 빛나는 삶 앞에서 최선을 다하지 않을 수 없었다.

2018년 겨울
박에스더

• 차례 •

옮긴이의 말 손으로 보고 손으로 들은 풍요로운 세상 ···6

1부
....

내가
살아온
이야기 ··· 13

내 기억 속에 새겨진 최초의 것이 무엇이었는지 떠올리자니 도대체 어디까지가 사실이고 어디서부터가 상상인지, 그 둘이 마치 과거와 현재라는 시간의 경계만큼이나 분명치가 않다. 세상과 조우한 첫해의 인상을 선명하게 기억하는 사람이 몇이나 되겠는가? 나 역시 대개의 기억이란 게 그저 어두운 감옥, 그 그늘 아래 있는 것만 같을 뿐이다. 그러므로 살아온 이야기를 늘어놓아 자칫 독자를 지루하게 만드는 게 아닐까 싶어 가장 재미있고 중요하다고 여기는 에피소드만을 소개할 생각이다.

2부
········

사흘만
세상을
볼 수 있다면 ··· 257

내가 만일 단 사흘만이라도 앞을 볼 수 있다면, 가장 보고 싶은 게 무엇인지 충분히 상상할 수 있습니다. 내가 상상의 나래를 펴는 동안 당신도 한번 생각해보시기 바랍니다. '사흘만 볼 수 있다면 내 눈을 어떻게 써야 할까?' 셋째 날이 저물고 다시금 어둠이 닥쳐올 때, 이제 다시는 자신을 위한 태양이 떠오르지 않으리라는 것을 당신은 압니다. 자, 이제 그 사흘을 어떻게 보내시렵니까? 당신의 눈길을 어디에 머물게 하고 싶은가요?

헬렌 켈러 연보 ··· 282

1부

내가
살아온
이야기

• Helen Keller •

The Story of My Life

헬렌이 래드클리프대학 2학년일 때 영작문 교수 찰스 타운센드 코플
런드로부터 그녀가 사는 남다른 세상을 써보라는 권유를 받고 쓰기 시
작한 자서전이다. 『레이디스 홈 저널』이라는 잡지에 연재를 시작했으
나 계속 이어나가기가 힘들었다. 이를 딱하게 여긴 친구들이 하버드대
학 영어 강사이자 『유스 컴패니언』 편집자로 일하고 있던 존 앨버트
메이시를 소개해주어 무사히 마칠 수 있었다. 그는 헬렌과 직접 이야
기를 나누며 작업하기 위해 수화 알파벳까지 배워가며 편집을 도왔다.
연재물은 헬렌이 대학 3학년이던 1903년, 더블데이페이지 출판사에
서 단행본으로 출간되었다.

1

············ 막상 살아온 이야기를 쓰겠다고 시작은 했으나 솔직히 두려움이 앞선다. 금빛 안개와도 같이 내 어린 시절에 드리워진 베일을 벗기려니 말 그대로 미신에라도 사로잡힌 듯 망설여지기까지 한다. 자서전을 쓰는 일은 누구에게나 어려운 일임에 틀림없다. 내 기억 속에 새겨진 최초의 것이 무엇이었는지 떠올리자니 도대체 어디까지가 사실이고 어디서부터가 상상인지, 그 둘이 마치 과거와 현재라는 시간의 경계만큼이나 분명치가 않다. 게다가 여자는 흔히 어린 시절의 경험을 자기만의

환상으로 덧칠하지 않는가. 세상과 마주한 첫해의 인상을 뚜렷하게 기억하는 사람이 몇이나 될까. 나 역시 대개의 기억이란 게 그저 어두운 감옥, 그 그늘 아래 있는 것만 같을 뿐이다. 게다가 어린 시절 맛본 기쁨이며 슬픔 또한 시간이 갈수록 빛이 바래고, 무언가 처음 배울 때의 감격은 뒤이어 다른 걸 발견했을 때의 흥분에 밀려 사그라지고 만다. 그러므로 살아온 이야기를 줄줄이 늘어놓기만 하면 자칫 독자를 지루하게 할 것이므로, 그중 가장 재미있고 중요하다고 여겨지는 에피소드만 소개할 생각이다.

1880년 6월 27일 나는 앨라배마주 북부의 소도시 터스컴비아에서 태어났다.

증조할아버지 캐스퍼 켈러는 스위스에서 이민 와서 메릴랜드에 정착했다. 스위스 조상 가운데 취리히에서 최초로 농아를 가르친 선생님이 한 분 있다. 그분은 농아 교육에 관한 책도 썼다고 한다. 어느 집안인들 조상 중에 노예를 부리며 떵떵거리던 왕이 없었겠으며, 또 왕을 모시던 노예가 없었겠는가마는 그렇다 하더라도 이건 정말이지 보기 드문 우연이 아닐 수 없다.

캐스퍼 켈러의 아들, 그러니까 내 할아버지는 앨라배마의 광활한 땅을 상속받아 마침내 그곳에 정착하셨다. 할아버지는 1년에 한 번씩 농장에서 쓸 물품을 구입하러 터스컴비아에서 필라델피아까지 말을 타고 다니셨다고 한다. 할아버지는 여행하는 동안 보고 들은 흥미진진한 사건들을 가족들에게 편지로 써 보냈고, 나는 그 이야기를 들으며 자랐다(고모가 그 편지들을 간직하고 있었다).

할머니는 라파예트*의 부관인 알렉산더 무어의 딸이요, 버지니아의 초기 식민지 총독을 지낸 알렉산더 스포츠우드의 손녀였다. 할머니는 또한 로버트 E. 리**와 육촌 간이었다.

아버지 아서 H. 켈러는 남부동맹군의 대위였고, 나의 어머니 케이트 애덤스와는 재혼이었다. 어머니는 아버지보다 나이가 많이 어렸다. 어머니의 할아버지 벤저민 애덤스는 수전 굿휴와 결혼해서 매사추세츠주 뉴버리에 살림을 차리고 그곳에서 눌러사셨다. 그들의 아들, 그러

---

* 미국 독립전쟁 때 활약한 프랑스 귀족.
** 미국 남북전쟁 때 남군 총사령관.

니까 내 외할아버지 찰스 애덤스는 매사추세츠주 뉴버리포트에서 태어나 아칸소주 헬레나로 이사하셨다. 남북전쟁이 발발하자 외할아버지는 남부동맹군에 가담하여 싸우셨고, 육군 준장에까지 오르셨다. 외할머니 루시 헬렌 에버렛은 에드워드 에버렛*과 유명한 작가인 에드워드 에버렛 헤일 박사와 한집안이었다. 남북전쟁이 끝나자 외가는 테네시주 멤피스로 이사했다.

나를 암흑의 세계, 볼 수도 들을 수도 말할 수도 없는 어둠 속으로 몰아넣은 바로 그 병에 걸리기까지 나는 커다란 정사각형 방에 하인들 방이 하나 딸린 작은 별채에서 살았다. 당시 남부에는 본채 가까이에 이런 별채를 짓는 풍습이 있었다. 아버지 역시 남북전쟁이 끝나자 별채를 하나 지었다. 원래는 다른 데 쓰려고 지은 것이었지만 어머니와 결혼한 후 두 분은 이 별채에서 지내셨다. 넝쿨장미와 담쟁이덩굴이 뒤덮고 있어서 마당에서 보면 별채는 마치 넝쿨을 얹은 정자처럼 보였다. 노란

---

* 뉴잉글랜드의 유명한 목사이자 웅변가로 게티스버그에서 링컨과 함께 같은 연단에 올라 연설했다.

장미와 청미래덩굴류가 뻗어 오르는 바람에 작은 현관은 눈에 잘 띄지도 않았다. 그곳으로 벌새와 꿀벌이 시도 때도 없이 드나들었다.

가족들이 사는 켈러가의 본채는 이 작은 장미 정자에서 몇 걸음 떨어진 곳에 있었다. 집과 집 주변 나무며 울타리 할 것 없이 온통 아름다운 잉글리시아이비로 뒤덮여 있어서 초록넝쿨집Ivy Green이라 불렸다. 이 고풍스러운 정원이야말로 내 어린 시절의 낙원이었다.

설리번 선생님이 오시기 전에도 나는 정방형의 딱딱한 회양목 울타리를 더듬어 냄새가 이끄는 대로 발길을 옮겨 그해 처음 피어난 바이올렛과 백합을 찾아내곤 했다. 어쩌다 화가 치밀기라도 하면 마음을 가라앉히려고 차가운 나뭇잎과 잔디 속에다 뜨겁게 달아오른 얼굴을 파묻곤 했는데 그러면 정말 감쪽같이 진정이 되었다. 꽃이 피기 시작하면 꽃 사이로 뛰어다니는 게 얼마나 즐겁던지 구석구석 쏘다녔다. 그러다 어느 날 문득 흐드러지게 자라난 잎사귀와 활짝 핀 꽃이 삭막하기만 했던 여름 집을 뒤덮고 정원을 가득 채웠다는 걸 깨닫곤 했다. 나비 모양의 부서질 것 같은 꽃잎 때문에 나비백합이라 불리는 꽃이며 뻗어 오르는 큰꽃으아리와 축 늘어진 재스민과 갖가지 꽃이 정원을 수놓았다. 무엇보다도 사랑스러운 건 장미였다. 남부의 우리 집 넝쿨장미처럼 마음에 쏙 드는 장미를 북부의 어느 집 정원에서도 보지 못했다. 장미는 우리 집 현관에서부터 자라났으므로 집 안팎이 온통 장미향으로 가득했다. 이른 아침이면 이슬에 씻겨 어찌나 부드럽고 순수한지 흙냄새 하나 맡을 수 없는 것이 마치 신의 정원에 피어 영원히 지지 않는다는 전설의 아스포델꽃을 보는 듯했다.

시작은 나 역시도 여느 아이들과 조금도 다를 것이 없었다. 왔노라, 보았노라, 정복했노라! 어느 가정에서나 첫 아기가 그러하듯 나 또한 보통의 아이가 하는 짓을 다 하지 않았겠는가. 내가 태어나자 우리 집에서도 아기 이름을 어떻게 지을까를 두고 설왕설래했던 것 같다. 어느 집이나 첫 아기 이름 짓는 일이 좀 유별나지 않은가. 아버지는 당신이 높게 평가하는 조상의 이름을 따서 내게 밀드레드 캠벨이라는 이름을 지어주고 싶어했으나 의견이 분분해지자 더는 고집하지 않았다. 어머니는 자신의 어머니, 그러니까 외할머니의 결혼 전 이름인 헬렌 에버렛이라고 부르고 싶어했다. 그러나 나를 안고 교회로 향하던 아버지는 그만 약간 흥분하신 데다 꼭 지어주려 했던 이름도 아니었던지라 그 이름을 깜박 잊고 말았다. 목사님이 아기 이름을 묻는 순간 할머니 이름을 따라 부르기로 했었지, 하는 생각이 났고 그렇게 해서 내 이름은 결국 헬렌 애덤스가 되었다.

사람들이 하는 말로 보건대 나는 아마 배냇저고리에서 벗어나기도 전부터 하고 싶은 것이 참 많았나 보다. 보는 것마다 뭐든 흉내 내려 들더니 6개월쯤엔가는 "안녕"(안녕) 하는 소리를 터뜨렸다. 또 어느 날엔가는 매우 또렷하게 "차茶, 차, 차"라고 정확하게 발음해서 사람들의 주의를 끌었다고 한다. 아프고 난 후에도 나는 이때 익힌 낱말 가운데 하나를 잊지 않고 있었는데, 그건 바로 '물'이었다. 말을 잃어버린 후에도 나는 어떻게든 그 소리만큼은 내보려고 애썼다. 그 낱말을 어떻게 쓰는지 알고 나서야 나는 비로소 '무-무' 소리를 그만두었다.

다른 사람들의 기억에 따르면 나는 만 한 살 되던 날 걸었다. 엄마가 나를 목욕시킨 다음 옷으로 감싸고 있었는데 마침 마룻바닥에 햇살에 반짝이는 나뭇잎 그림자가 춤추듯 어른거리자 갑자기 엄마 옷자락에서 빠져나가 그쪽으로 내달렸다는 것이다. 엄마 옷자락에서 튕기듯 나간 반동이 사라지자 나는 엉덩방아를 찧었고 엄마가 안아줄 때까지 내처 울어대더란다.

행복한 날은 오래가지 않았다. 짧았던 봄날, 울새와 흉내지빠귀새의 교향악도 그치고, 장미가 만발하며 과실이 무르익던 여름도 지나, 울긋불긋 단풍이 열정적이고 발랄한 아기의 발 아래 귀한 선물을 내려놓았다. 마침내 음울한 2월의 어느 날 청하지 않은 손님이 찾아왔다. 그 손님은 아기의 눈과 귀를 닫더니 태어난 지 얼마 안 된 아기를 의식불명 상태로 몰아넣었다. 위와 뇌에 심각한 울혈이 생겼다는 진단이 내려졌고, 얼마 살지 못할 거라고들 생각했다. 그러나 어느 이른 아침 갑작스레 열이 떨어졌고 기적이라고밖에 할 수 없는 회복이 시작됐다. 죽을 줄만 알았던 아이가 살아났으니 가족들이 얼마나 기뻤겠는가. 그러나 누구도, 의사조차도 그 아이가 다시는 볼 수도 들을 수도 없게 되리라는 것을 미처 알지 못했다.

그때를 떠올리는 건 아직도 혼란스럽기만 하다. 너무

아파 자리에 누워도 푹 잠들지 못하다가 극심한 고통 때문에 깨면 엄마는 어떻게든 통증을 덜어주려고 끊임없이 나를 어루만졌다. 눈이 너무 메마르고 따끔거려 한때 그토록 좋아했던 빛으로부터 눈을 돌려 벽 쪽으로 돌아누워야 했다. 눈앞은 갈수록 흐릿해지고 점점 더 어둠침침해졌다. 잠시의 이 덧없는 기억을 제외하곤 다른 것은 하나같이 현실이 아닌 듯 악몽과도 같았다. 나는 차츰 나를 둘러싸고 있는 어둠과 고요에 익숙해졌다. 처음부터 이랬던 건 아닐까. 소리를 들었던 것도 빛을 보았던 것도 잊었다. 내 영혼의 자유를 찾게 해준 나의 선생님, 그분이 내게 오기까지는. 그러나 내 삶의 첫 열아홉 달 동안 얼핏 본 푸르고 너른 들판과 빛나는 하늘 그리고 나무와 꽃의 반짝임은 내 안에 있었다. 어둠도 그 한 점 기억마저 앗아갈 순 없었다. 단 한 번이라 할지라도 우리가 보았던 "그날은 우리 것이다. 그날이 보여준 것들 모두와 함께."

2

············· 병에 걸렸다 나은 후 첫 한 달 동안 무슨 일
이 있었는지 통 기억나지 않는다. 내가 아는 거라곤 엄
마가 집안일을 하느라 왔다 갔다 하는 동안 엄마 옷자락
에 매달리거나 엄마 무릎에 앉아 있곤 했다는 것뿐이다.
나는 모든 물건을 손으로 더듬어 만졌고, 모든 움직임을
관찰했다. 이것이 내가 사물을 알아가는 방식이었다. 곧
나는 다른 사람과 의사소통이 필요하다는 것을 느끼게
됐고 투박하지만 나름의 신호를 만들어가기 시작했다.
머리를 흔드는 것은 '아니'를, 끄덕이는 것은 '그래'를 의

미했으며, 잡아당기는 것은 '오라'를, 미는 것은 '가라'를 뜻했다. 빵을 먹고 싶으면 빵을 써는 동작을 해보인 뒤 버터를 바르는 시늉을 하면 되었다. 저녁식사 때 아이스 크림을 먹고 싶으면 냉동기를 작동하는 모양을 해보이 고 몸을 부르르 떨어 춥다는 표시를 덧붙였다. 게다가 어머니는 내가 많은 걸 이해하도록 돕는 데 탁월했다. 나는 어머니가 뭘 좀 가져다줬으면 하고 바라는 낌새를 금방 알아챘고, 곧잘 계단을 오르내리며 어머니가 지시 하는 곳으로 내달렸다. 사실 어머니의 사랑이 담뿍 담긴 지혜가 있었기에 나의 기나긴 밤은 늘 밝고 좋을 수 있 었다.

　나는 내 주변에서 벌어지는 일을 대부분 이해했다. 다 섯 살에 깨끗하게 세탁된 옷가지를 가져다 개는 법을 배 웠으며, 내 것과 다른 사람 것을 구별했다. 어머니와 아 주머니가 외출 준비를 하느라 옷을 차려입는 걸 눈치채 곤 한사코 나도 따라가겠다고 졸랐다. 집에 왔던 손님들 이 돌아갈 때면 그들에게 손을 흔들어주면서 어떤 동작 이 갖는 의미를 어렴풋하게나마 이해했다.

　어느 날 몇몇 신사들이 어머니를 찾아왔다. 나는 현관

에서 울려오는 외침을 느꼈으며, 그들의 도착을 알리는 다른 소리를 감지했다. 갑자기 어떤 생각에 이끌려 아무도 나를 제지할 수 없을 정도로 재빨리 이층으로 달려올라가 외출복이라고 생각되는 옷을 차려입었다. 그러고는 다른 사람들이 하듯 거울 앞에 서서 매무새를 살피고 오일을 머리에 바르고 파우더를 얼굴에 두껍게 펴 발랐다. 그런 다음 머리 위로 둘러씌운 베일을 핀으로 고정시켜 어깨까지 내려뜨리고 작은 허리에 거대한 허리받이*를 묶었다. 그러자 그것이 뒤로 늘어져 치맛단에까지 가닿았다. 그렇게 차려입고 손님들을 맞이하기 위해 아래층으로 내려갔다.

내가 남들과 다르다는 것을 언제 처음 알게 되었는지는 기억나지 않는다. 선생님이 오시기 전인 것만은 분명하다. 나는 어머니와 친구들이 나와 다른 신호를 사용하며, 입을 사용한다는 것을 알았다. 때때로 나는 대화하는 두 사람 사이에 서서 그들의 입술을 만졌다. 도무지

---

* 예전에 여성의 스커트 뒤를 불룩하게 하기 위해 허리에 대던 것.

이해할 수 없어서 화가 났다. 입술을 움직여봤지만 아무 소용이 없자 미친 듯이 손짓발짓을 해댔다. 이것이 때론 나를 더욱 화나게 했으며, 그러면 나는 지칠 때까지 발 길질을 하고 괴성을 질러댔다. 당시에도 그런 내 행실이 나쁘다는 것을 알고 있었던 것 같다. 왜냐하면 보모 엘 라를 걷어차고 괴롭히다가도 좀 진정이 되면 후회스러 운 마음이 들곤 했던 것이다. 그러나 무슨 일이든지 내 가 하고 싶은 대로 되지 않을 때 이 후회스러운 느낌을 떠올리고 나쁜 행실을 저지르지 않으려고 했던 적이 한 번이라도 있었는지는 통 기억나지 않는다.

당시 내 곁에는 마사 워싱턴이라는 흑인 여자아이와 한때 이름을 떨치던 늙은 사냥개 벨이 있었다. 마사는 우리 집 요리사의 딸이었고, 이 둘은 내게 둘도 없는 친 구였다. 마사는 내 신호를 잘 알아챘으므로 별 어려움 없이 내가 원하는 대로 잘 움직여주었다. 게다가 그 아 이는 곧잘 거들먹거리는 나를, 그리고 나의 폭정을, 언 제 쏟아질지 모를 주먹질을 말없이 받아주었다. 나는 힘 도 셀뿐더러 활동적이었고 앞뒤 가리지 않고 행동했다. 늘 내 마음이 이끄는 대로 움직였으며 물어뜯고 할퀴는 한이 있더라도 하고 싶은 대로 했다. 우리는 많은 시간을 부엌에서 보냈다. 밀가루를 반죽하고 아이스크림을 만들고 커피를 갈고 케이크 그릇으로 실랑이를 벌이고 부엌 가까이에서 떼 지어 다니는 닭이나 칠면조에게 모이를 주었다. 칠면조는 대개 온순해서 내 손에서 모이를 받아먹었으며 만져도 가만히 있었다. 어느 날 덩치큰 칠면조 수컷 한 마리가 내 손에서 토마토를 낚아채달아나는 일이 벌어졌다. 수컷 칠면조 대장의 거사에 잔뜩 고무된 우리는 요리사가 막 얼려놓은 케이크를 훔쳐장작 창고로 가져가서 모조리 먹어치웠다. 그 일로 나는단단히 배탈이 났다. 칠면조도 나만큼이나 천벌을 받지않았을까.

뿔닭은 야외에 둥지를 만드는 습성이 있다. 녀석들이 높게 자란 풀 속에 감추어둔 알을 찾아내는 것이 내겐 큰 즐거움이었다. 알을 찾으러 나가고 싶을 때면 나는 마사가 볼 수 있도록 손을 포개어 바닥에 댔다. 내 딴에는 풀밭 속에 있는 둥근 모양의 어떤 것을 나타내는표시를 한 것인데 마사는 그런 내 의도를 금세 알아차렸다. 운 좋게 둥지를 발견하더라도 나는 마사가 알을 집에 가져가는 걸 허락하지 않았다. 알을 가져가다가 떨어뜨려 깨뜨릴지도 모른다고 내가 거듭 강조하며 해대는 몸짓을 마사는 이해하고 따라주었다.

옥수수 헛간과 마구간 그리고 아침저녁으로 젖을 내는 젖소가 어슬렁대는 뒤뜰은 마사와 나의 기대를 결코 저버리지 않는 놀이터였다. 젖 짜는 사람들은 젖을 짜는 동안 내가 소를 건드려도 그냥 내버려두었지만 젖소들이 채찍처럼 후려치는 꼬리에 얻어맞는 걸로 지나친 호기심에 대한 대가만은 톡톡히 치러야 했다.

크리스마스를 준비하는 것은 항상 즐거운 일이었다. 물론 나는 어떤 일이 벌어지는지 모두 알지는 못했지만 집안에 감도는 즐거운 기운을 만끽했다. 어른들은 마사와 나를 잠시만이라도 얌전히 있게 하려고 맛난 음식을 집어주었다. 우리를 묶어두려는 어른들의 태도는 못마땅했지만 어쨌거나 새록새록 솟아나는 즐거움을 억누를 수는 없었다. 어른들은 결국 우리가 양념을 빻거나 건포도를 집어먹거나 음식을 휘젓던 숟가락을 핥아도 어쩌지 못했다. 다른 사람들처럼 나도 긴 양말을 찾아 걸었다. 그러나 그뿐, 무슨 일이 있었는지는 모르겠다. 크리스마스 행사가 특별한 관심을 불러일으킨 건 사실이지만 선물이 궁금해서 날이 밝기도 전에 일어나는 것만큼은 잘 되지 않았다.

마사 워싱턴은 나만큼이나 감당 못할 장난꾸러기였다. 뜨거운 7월의 한낮, 베란다에 나와 앉은 두 꼬마를 눈앞에 그려보라. 한 녀석은 칠흑같이 검다. 보풀이 일어난 듯한 머리카락은 신발 끈으로 질끈 묶어서 사방으로 삐죽삐죽 뻗쳐 있는데, 꼬불꼬불한 것이 마치 포도주 병의 코르크 마개를 따는 타래송곳같이 생겼다. 또 한 녀석은 흰둥이로 긴 금발의 곱슬머리다. 한 아이는 여섯 살, 또 한 아이는 두세 살 많아 보인다. 어린 쪽이 앞 못 보는 아이로 지금 이 글을 쓰고 있는 나, 헬렌 켈러이고, 다른 아이는 마사 워싱턴이다. 한동안 종이인형 오리기에 빠져 있던 우리는 금방 싫증을 냈다. 그래서 신발 끈을 풀어 잘라서 우리 손이 닿는 높이의 나뭇잎이나 청미래덩굴에 칭칭 감아댔다. 그것도 잠시, 나는 곧 마사의 타래송곳 같은 머리카락에 관심이 쏠렸다. 마사는 처음엔 반대했지만 결국엔 승낙했다. 서로 돌아가며 하는 게 정당하다는 생각에 이번에는 마사가 가위를 들고 내 곱슬머리를 한 줌 잘라냈다. 마침 어머니가 때맞춰 우리를 발견하는 바람에 다행스럽게도 머리카락이 모두 잘려나가는 일은 막을 수 있었다.

　마사 말고도 내겐 벨이라는 친구가 있었다. 벨은 우리 집 개다. 나이도 많고 게을러서 나와 함께 뛰놀기보다는 불가에서 잠자기를 더 좋아했다. 나는 그 녀석에게 내 신호를 가르치느라 애를 먹었다. 그러나 녀석은 둔한 데다 주의를 기울이지도 않았다. 녀석은 때로 흥분해서 떨다가도 미동도 없이 굳어 있곤 했는데 마치 사냥개가 새를 노려볼 때와 비슷한 식이었다. 나는 벨이 왜 그런 행동을 하는지 알지 못했다. 그러나 이 녀석이 내 뜻대로 움직이려 하지 않는다는 것만큼은 분명했다. 그러한 행동이 나를 짜증나게 했고, 결국은 늘 그렇듯 우리 수업은 일방적인 권투시합으로 막을 내렸다. 벨은 몸을 일으켜 느려진 몸짓으로 늘어지게 기지개를 켜고는 한두 번 업신여기듯 코를 킁킁대다 난로 반대편으로 가서 다시 드러누웠다. 그러면 나는 싫증도 나고 실망스럽기도 해서 마사를 찾아 나섰다.

　어린 시절의 이런 많은 사건은 하나같이 따로따로 그

러나 분명하고 뚜렷하게, 소리도 없고 목표도 없는 그저 그런 일상의 삶을 좀 더 다채롭게 해준 것으로 기억된다.

어느 날 나는 앞치마에 물을 쏟았다. 마침 거실 난로의 불이 꺼져가고 있었는데 나는 불 앞에서 말려보려고 난로 앞으로 가서 젖은 앞치마를 펼쳤다. 생각처럼 빨리 마르지를 않자 나는 점점 더 뜨거운 재 바로 가까이까지 앞치마를 들이밀게 됐다. 불이 내 삶에 뛰어드는 순간이었다. 순식간에 불꽃이 나를 에워쌌고 불길이 옷에 옮겨 붙었다. 소스라치게 놀라 내지른 내 비명에 나이 많은 보모 비니가 달려왔고, 나를 구하겠다고 담요를 덮어씌우는 통에 나는 하마터면 질식사할 뻔했다. 어쨌거나 그녀는 내게 옮겨 붙은 불을 껐고 손과 머리카락을 제외하고는 다행히도 많이 데지 않았다.

이맘때쯤 나는 열쇠 사용법을 익혔는데 어느 날 아침 어머니를 식품 저장실에 가두고 말았다. 어머니는 그 안에서 세 시간을 꼼짝없이 갇혀 있어야 했다. 마침 하인들은 집에서 좀 떨어진 곳으로 일하러 가고 집에는 어머니를 꺼내줄 사람이 아무도 없었다. 어머니는 계속 문을 두드렸다. 나는 어머니가 만들어내는 바로 그 진동에

환호성을 내지르며 현관 가까이서 웃고 있었다. 이 역시 내가 늘 저지르는 악의 없는 장난일 뿐이었지만, 그 일을 계기로 부모님은 빠른 시일 내에 나를 교육시켜야 한다는 걸 깨닫게 되었다.

설리번 선생님이 오시고 얼마 되지 않은 어느 날 드디어 나는 선생님을 방에 가둘 기회를 잡을 수 있었다. 나는 어머니가 선생님 갖다드리라고 주신 것을 받아 이층으로 올라갔다. 선생님에게 그것을 드리는 대신 잽싸게 문을 쾅 닫아 잠그고는 홀에 있는 옷장 아래에 열쇠를 감췄다. 온갖 감언이설과 협박에도 불구하고 나는 열쇠 둔 곳을 가르쳐주지 않았다. 아버지는 하는 수 없이 사다리를 창문에 가져다 놓고 선생님을 나오게 할 수밖에 없었다. 몇 달이 지난 다음에야 나는 그 열쇠를 내놓았다.

다섯 살 때였다. 우리 가족―아버지와 어머니 그리고 이복오빠 둘과 여동생 밀드레드―은 담쟁이덩굴에 둘러싸인 작은 별채를 떠나 넓고 큰 새 집으로 옮겼다. 어린 시절 기억 속의 아버지는 엄청난 신문 더미를 헤치고 들어가야만 하는 곳에 또 종이 무더기를 산처럼 쌓아놓고 그 속에 홀로 들어앉아 계신 모습이다. 아버지가 무슨 일을 하는지 나로서는 도통 알 수가 없었지만 나는 아버지를 따라했다. 아버지의 안경도 걸쳤다. 마치 그렇게 하면 이 미스터리를 푸는 데 큰 도움이 되기라도 할 것처럼 말이다. 그러나 몇 년이 지나도록 나는 수수께끼를 풀지 못했다. 나중에 가서야 신문이 무엇인지, 그리고 아버지가 신문 편집하는 일을 했다는 것을 알았다.

아버지는 매우 자애롭고 관대했으며 가정에 충실한 분이었다. 사냥철을 제외하곤 우리 곁을 떠나 있을 때가 좀처럼 없었다. 아버지는 사격의 명수로 훌륭한 사냥꾼이었다고 한다. 가족 다음으로 아버지가 아끼는 건 사냥개와 총이었다. 아버지는 사람들을 후히 대접했다. 그래선지 집은 늘 손님들로 북적였다. 아버지의 특별한 자랑거리는 근방에서 가장 질 좋은 수박과 딸기를 수확할 수있는 엄청나게 큰 정원이었다. 아버지는 첫물 포도와 최상급 딸기를 가져와 내게 주었다. 아버지가 애정이 듬뿍담긴 손길로 이 나무에서 저 나무로, 이 덩굴에서 저 덩굴로 나를 이끌던 것을 기억한다. 나를 무엇보다도 기쁘게 한 건 아버지의 열정적인 유쾌함이었다.

아버지는 뛰어난 이야기꾼이었다. 내가 언어를 깨친 후에 아버지는 종종 내 손에 당신만이 알고 있는 놀라운 이야기를 서툴게 적어 내려가곤 했는데, 내가 그 내용을 적절한 때에 상기하게 해드리면 무척 즐거워했다.

1896년 여름의 막바지를 즐기느라 북부에 머무는 사이 아버지의 부음을 전해 들었다. 가벼운 병이었건만 짧은 시간 극심한 고통을 겪다가 갑자기 돌아가신 것이다. 너무도 비통했다. 나는 그때 처음으로 가까운 사람의 죽음을 경험했다.

나의 어머니, 그분에 대해 무엇을 어떻게 말해야 할지 모르겠다. 사실 너무도 가까운 사람이어서 뭐라 말을 한다는 것이 자칫 예의범절도 모르는 상스러운 소리처럼 들릴 것만 같다.

꽤 오래도록 나는 여동생을 훼방꾼으로 간주했다. 엄마에게 이제 더는 나만이 사랑의 대상이 아니라는 생각에 질투심이 끓어올랐다. 여동생은 항상 내 자리였던 엄마의 무릎뿐만 아니라 엄마의 시간과 보살핌까지 독차지했다. 그러던 어느 날 내가 겪었던 이러한 상실감도 모자라 모욕이라고 생각되는 일이 벌어지고 말았다.

그 무렵 내게는 늘 끌어안고 어루만지다가도 마구 때리며 화풀이를 해대곤 하는 낸시라는 이름의 인형이 있었다. 어처구니없게도 낸시는 도움의 손길이라고는 기대할 수도 없는 처지에 놓인, 내 애증의 희생양 신세였다. 입혀놓은 옷 또한 이만저만 남루한 게 아니었다. 내게는 낸시 말고도 말도 하고 울기도 하고 눈을 떴다 감았다 하기도 하는 인형이 여럿 있었지만 불쌍한 낸시만큼 사랑한 인형은 없었다. 낸시에겐 요람이 하나 있었는데, 나는 가끔 요람에 낸시를 누이고 한 시간도 넘게 흔들어주곤 했다. 나는 마치 보호자이기라도 한 양 낸시를 끔찍이도 보듬고 아꼈다.

그런데 어느 날 보니 내 동생이 그 요람에서 평화로이 잠들어 있는 게 아닌가. 아직 나와 어떠한 사랑의 감정도 주고받은 적 없는 녀석이 내 요람을 무단 점유했다는 사실에 나는 화가 났다. 나는 와락 달려들어 요람을 뒤집어버렸다. 마침 엄마가 떨어지는 동생을 받아 안지 않았더라면 아마도 아기는 죽고 말았을 것이다. 우리는 상대의 마음을 끄는 말과 행동 그리고 사귐이란 어떠해야 하며 또 어떻게 표현해야 하는지를 알지 못했다. 그러나 세월이 흐르고 철들어가면서 밀드레드와 나는 마침내 자매간의 사랑을 나누게 되었다. 그애가 나의 손짓말을 이해하지 못하고 내가 그애의 혀짤배기소리를 알아듣지 못하는 까닭에 그저 우리의 변덕이 이끄는 대로 손을 맞잡고 쏘다니는 것에 만족해야 했지만 말이다.

3

.... 그러는 사이 의사 표현의 욕구는 점점 커져 갔다. 내가 만들어 사용해온 신호가 다른 사람들과 의사 소통하는 데 그다지 효율적이지 못하다는 사실이 갈수록 자주 드러났다. 그럴 때마다 상대방을 이해시키는 데 실패한 나는 있는 그대로의 감정을 고스란히 폭발시켰다. 보이지 않는 손이 자꾸 나를 움켜쥐는 것만 같아서 나는 미친 듯이 그 손아귀에서 벗어나려고만 했다. 그러나 애를 쓰면 쓸수록 그 상태에서 벗어나는 게 아니라 저항하려는 생각만 꾸역꾸역 강해져서 결국은 울음

을 터뜨리고 기진맥진해질 때까지 발버둥을 쳤다. 혹 어머니가 가까이 있어서 그 품에 파고들어 울기라도 할 때면 너무나 슬픈 나머지 왜 그렇게 울고불고 법석을 떨었는지 그 이유마저 잊어버리곤 했다. 의사소통을 하고 싶다는 욕구가 강해질수록 이런 식의 감정 폭발은 날마다, 거의 매시간 일어났다.

부모님 또한 나날이 상심이 깊어져 어찌할 바를 몰랐다. 우리가 살던 터스컴비아는 집에서 다닐 수 있을 만한 거리에 시각·청각장애아를 위한 학교가 있을 만한 곳이 아니었다. 게다가 그렇게 외진 시골로 보지도 듣지도 못하는 아이를 가르치겠다고 누군가 찾아와줄 성싶지도 않았다. 사실 주변의 친지, 친척들이며 친구들은 내가 무엇 하나라도 배울 수나 있겠냐고 의심했다. 그러나 어머니는 디킨스가 쓴 『미국 인상기』를 읽고 실낱같은 희망을 가졌다. 어머니는 그 책에서 보지도 듣지도 못하는 로라 브리지먼의 사례를 읽었는데 그런 상태에서도 교육을 받았다는 것을 어렴풋이 떠올렸던 것이다. 그러나 시각·청각장애아를 가르치는 방법을 발견해낸 하우 박사가 이미 오래전에 죽어 이 세상 사람이 아니라는 사실까지 떠올리곤 희망의 끈을 놓은 채 고통스러워했다. 하우 박사의 교수법 또한 그의 죽음과 더불어 잊혔겠지만 혹 그렇지 않다 하더라도 도대체 누가 이 어린 소녀에게 그 혜택을 전하겠다고 앨라배마 촌구석까지 오겠는가?

여섯 살 때였다. 아버지는 볼티모어에 산다는 탁월한 안과의사 이야기를 들었다. 그는 다른 의사들이 가망이 없다며 손을 뗀 환자들을 고쳐 명성을 얻었다. 부모님은 내 눈에도 그런 기적 같은 일이 일어나지 않을까 하는 기대를 품고 당장 볼티모어로 가보기로 결심했다.

지금도 또렷이 기억하지만 여행은 매우 즐거웠다. 기차에서 사람들도 많이 사귀었다. 한 아주머니는 내게 조가비가 든 상자를 주었다. 아버지는 내가 조가비를 잘 꿸 수 있도록 조가비 하나하나에 구멍을 뚫어주었다. 조가비를 가지고 놀면서 한동안 행복했다. 차장 아저씨도 친절한 분이었다. 그가 차표를 걷거나 표에 구멍을 뚫기 위해 기차 안을 왕래할 때면 나는 그의 옷자락에 매달려 따라다니곤 했다. 아저씨는 표에 구멍 뚫는 기계를 가지고 놀아도 좋다고 허락해주었는데 이렇게 재미난 장난감이 또 있을까 싶었다. 나는 의자 한구석에 웅크린 채 몇 시간이고 마분지 조각에 작은 구멍을 내는 데 빠져 재미있게 놀았다.

　동행한 고모가 수건으로 커다란 인형을 만들어주었는데, 이 즉석 인형은 눈, 코, 입, 귀라고 할 만한 것이 전혀 없는지라 아이의 상상력으로도 이게 얼굴이겠거니 생각할 만한 구석이라곤 도통 없는, 우습기 그지없는 모양이었다. 내게는 특히나 이 즉석 인형이 눈이 없는 게 마음에 걸렸다. 그래서 이 사람 저 사람 붙들고 끈질기게 인형에게 눈을 만들어줘야 한다는 점을 일깨웠지만, 내 생각에 찬동해주는 사람이 하나도 없었다. 바로 그때 반짝 아이디어가 떠올랐고 문제는 바로 해결되었다. 나는 자리에서 굴러 떨어지듯 내려와 의자 밑을 뒤져 마침내 커다란 장식구슬이 달린 고모의 소매 없는 외투를 찾아냈다. 물어보지도 않고 다짜고짜 외투에 달린 구슬을 두 개 떼어내 고모에게 내밀며 인형에 달아달라고 했다. 고모는 내 손을 자기 눈에 갖다대는 것으로 내 뜻을 확인하려 했다. 나는 온 힘을 다해 고개를 끄덕여서 확고한 내 뜻을 전했다. 구슬이 원하는 자리에 달리자 잠시 동안은 기뻐 어쩔 줄을 몰랐다. 그러나 그것도 잠시, 나는 곧 인형에 흥미를 잃었다. 어쨌든 여행하는 내내 한 번도 성질을 부리지 않았을 정도로 내 마음과 손가락은 그야말로 분주하기 이를 데 없었다.

마침내 우리는 볼티모어에 도착해 치점 박사를 만났다. 그는 우리를 친절하게 맞아주었으나 내 눈을 위해 그가 해줄 수 있는 치료는 아무것도 없었다. 그는 나를 교육할 수 있는 사람을 알고 있다며 워싱턴에 사는 알렉산더 그레이엄 벨 박사를 소개해주었다. 벨 박사라면 보지도 듣지도 못하는 아이에게 필요한 학교와 선생님에 관한 정보를 줄 수 있을 거라고 했다. 치점 박사의 조언을 받아들여 우리는 즉시 벨 박사를 만나러 워싱턴으로 향했다. 아버지는 상심한 데다 온갖 걱정에 시달렸겠지만 딸인 나는 아버지의 근심은 까맣게 모른 채 또 다른 곳으로 여행을 떠난다는 생각에 마냥 흥분되고 즐겁기만 했다.

나는 어린아이였지만 벨 박사의 업적이 대단하고, 많은 사람의 찬사와 존경을 한몸에 받고 있다는 것을 금방 알 수 있었다. 내가 그의 시계를 만지작거리자 그는 나를 무릎에 앉히고 시계를 마음껏 탐구하도록 해주었다. 그는 내 신호를 이해했다. 내가 만든 신호를 이렇게 잘 알아듣다니, 나는 단박에 박사가 좋아졌다. 그러나 그때만 해도 그와의 만남이 나를 어둠에서 빛으로, 고립에서 친교와 우정으로 그리고 지식과 사랑으로 이끄는 다리가 되리라고는 꿈에도 생각지 못했다.

벨 박사는 아버지에게 보스턴에 있는 퍼킨스 시각장애인학교(이하 퍼킨스학교) 교장 애너그노스 씨 앞으로 편지를 쓰라고 조언해주었다. 보스턴은 하우 박사가 시각장애아를 위해 헌신한 바로 그곳이다. 박사는 그곳에 혹 나를 지도할 만한 선생이 있는지 알아보라고 알려주었다. 아버지는 즉시 벨 박사의 충고를 따랐고 몇 주 후 애너그노스 교장으로부터 그동안의 노고를 위로받고도 남을 확답이 적힌 친절한 답장을 받았다. 때는 1886년 여름이었고, 설리번 선생님은 이듬해 3월이 되어서야 도착했다.

나는 비로소 이집트를 빠져나와 시나이산을 마주하고 선 것이다. 거룩하다고밖에 할 수 없는 어떤 힘이 내 영혼을 어루만지고 나로 보게 하시니 많은 놀라운 것들을 내가 보았다. 거룩한 산으로부터 울려퍼지는 소리 있었으니, "아는 것이야말로 사랑이요, 빛이요, 비전이라." 나는 그 소리를 들었다.

4

………… 일생을 통틀어 가장 중요한 날이 있다면 바로 이날, 내가 앤 맨스필드 설리번 선생님을 만난 날이다. 무엇으로도 측량할 길 없으리만치 대조적인 우리 두 삶이 이렇게 연결되다니, 생각할수록 놀라움을 금할 길 없다. 1887년 3월 3일 만 일곱 살을 꼭 석 달 남겨놓은 때였다.

바야흐로 이 중차대한 날 오후, 도대체 무슨 일이 벌어지려는지 멀찍이서 구경하는 자세로 나는 우리 집 현관에 나와 가만히 서 있었다. 어머니의 움직임에서 막연하게나마 뭔가 느껴지기도 했지만 집안 곳곳에 예사롭지 않은 분주한 기운이 감돌고 있었던 것이다. 결국 나는 문으로 향했고 계단 위에서 기다렸다. 한낮의 햇살은 현관을 뒤덮은 겨우살이덩굴을 뚫고 내려와 치켜든 내 얼굴에 고스란히 내려앉았다. 이제 막 다다른, 달콤하기 이를 데 없는 남국의 봄 인사를 전하는 친근한 잎사귀와 꽃을 향해 내 손가락은 거의 무의식적으로 더듬더듬 움직이고 있었다. 나는 내 앞에 펼쳐질 놀라운 미래를 알지 못했다. 벌써 몇 주째 고통과 분노가 나를 갉아먹어온 뒤라 깊이를 알 수 없는 무기력에 빠져 이미 두 손 두 발을 다 들고 예의 그 노발대발 날뛰며 치러온 전투에서 나의 패배를 기꺼이 받아들인 상태였던 것이다.

혹 바다에서 짙은 안개를 만난 적이 있는가? 부연 어둠이 당신을 가둬버린 불안하고 초조한 상황에서도 당신을 태운 배는 조심조심 수심을 재는 다림추와 측심연測深鉛을 늘어뜨려 길을 찾으며 해안선을 향해 더듬더듬 나아갈 것이다. 그러면 당신은? 당신은 무슨 일이 일어나지 않을까 두근거리는 가슴을 부여잡고 그저 기다릴 수밖에 없다. 바야흐로 내게 교육이라는 게 시작되려 할 즈음 내 모습이 꼭 바다에서 안개를 만난 배와 같았다. 그러나 내게는 나침반도 측심연도 없었다. 어떻게 해야 항구를 찾아갈 수 있는지 알려주는 것은 아무것도 없었다. "빛을! 제발 나에게 빛을!" 내 영혼은 그저 소리 없는 외침을 내지를 뿐이었다. 그런데 바로 그 시각, 한 줄기 사랑의 빛이 마침내 내게 이른 것이다.

누군가 다가오고 있었다. 어머니일 거라고 생각하며 손을 뻗었다. 누군가 내 손을 잡았다. 그러더니 나를 끌어당겨 양팔로 꼭 감싸 안았다. 그녀는 온갖 사물을 내 앞에 드러내 보이려고 온 사람, 사물의 비밀을 알려줄 뿐만 아니라 내게 사랑을 주려고 여기까지 찾아온 사람이었다.

이튿날 아침 선생님은 방으로 나를 데려가더니 인형을 주었다. 퍼킨스학교의 앞 못 보는 어린이들이 내게 보내온 이 인형은 로라 브리지먼이 손수 옷을 지어 입힌 것이었다. 물론 나는 이 사실을 한참 지난 후에야 알게 되었다. 인형을 가지고 제법 놀았을 즈음 설리번 선생님은 내 손에 천천히 '인형'이라고 썼다. 나는 곧 이 손가락

놀이에 흥미를 느꼈고 그대로 흉내 내려고 애썼다. 마침내 '인형'이란 글자를 정확히 쓰는 데 성공한 나는 의기양양해져서 아래층에 있는 어머니한테 달려가 손을 치켜들고 그 위에 '인형'이라고 썼다. 내 속에 자랑과 긍지가 가득했다. 나는 내가 쓴 것이 한 낱말의 철자라는 사실을 알지 못했다. 그뿐인가, 낱말이라는 게 있다는 것도 알지 못했다. 나는 원숭이가 하듯 그대로 따라했을 뿐이다. 그 후로 나는 스스로도 이해하지 못한 방식으로 엄청나게 많은 낱말의 철자를 익혔다. 그중에는 핀, 모자, 컵도 있었고 앉다, 서다, 걷다와 같은 동사도 있었다. 그러나 모든 사물이 저마다 이름을 갖고 있다는 사실을 내가 비로소 깨닫기까지 선생님은 똑같은 일을 수없이 반복하며 나와 몇 주를 더 씨름해야 했다.

어느 날 나는 새 인형을 가지고 놀고 있었다. 선생님은 내 무릎에 누더기가 다 된 크고 낡은 인형을 올려놓곤 '인형'이라고 썼다. 선생님은 내게 새것이든 헌것이든 가리지 않고 모두 똑같이 '인형'이라고 부른다는 사실을 이해시키고 싶었던 것이다. 그날 아침 우리는 벌써 '컵'과 '물'을 놓고 한바탕 격전을 벌인 터였다. 선생님은

'm-u-g'는 물을 담는 그릇을 가리키고 'w-a-t-e-r'는 그릇에 담긴 물을 뜻한다는 걸 깨우쳐주려고 애를 썼지만 나는 알게 뭐냐는 듯 이 둘을 섞어 썼다.

결국 선생님은 시간이 흘러가도록 이 문제를 잠시 미뤄두었다. 그리고 바로 지금과 같은 기회를 잡았을 때 새로운 마음가짐으로 다시 도전할 요량이었던 모양이다. 그러나 나는 매번 같은 방식으로 거듭되는 선생님의 가르침에 더는 참을 수 없는 상태였는지라 당장 새 인형을 낚아채 마룻바닥에 내동댕이치는 것으로 내가 지금 어떤 상태인지를 유감없이 드러냈다. 깨진 인형 조각이 발에 닿자 짜릿한 쾌감을 느꼈다. 슬프지도 않았고 후회스럽지도 않았다. 사실 마음에 드는 인형도 아니었다. 내가 사는 적막과 암흑의 세계에는 슬픔이니 애정이니 그런 감정은 존재하지 않았다. 선생님은 깨진 인형 조각을 쓸어 난로 한편에 모아놓았다. 어쨌거나 나는 나를 불편하게 하던 원인이 제거된 것이 더할 나위 없이 만족스러웠다.

선생님은 모자를 가져왔고, 나는 따뜻한 햇살이 내리쬐는 밖으로 나가려나 보다 하고 짐작했다. 만약 말에는 담을 수 없는 이 느낌이 생각이라고 불리는 것이라면, 지금 든 이 생각이야말로 나를 기쁨으로 팔짝팔짝 뛰어오르게 했다.

우리는 펌프가를 뒤덮은 겨우살이 향기에 이끌려 오솔길을 걸었다. 누군가 펌프에서 물을 긷고 있었는데 선생님은 물이 뿜어져 나오는 꼭지 아래에다 내 손을 갖다댔다. 차디찬 물줄기가 꼭지에 닿은 손으로 계속해서 쏟아져 흘렀다. 그때 선생님은 다른 한 손에다 처음에는 천천히, 두 번째는 빠르게 '물'이라고 썼다. 선생님의 손가락 움직임에 온 신경을 곤두세운 채 나는 마치 얼음 조각이라도 된 양 가만히 서 있었다. 갑자기 잊고 있던 것, 그래서 가물가물 흐릿한 의식 저편으로부터 서서히 생각이 그 모습을 드러내며 돌아오는 떨림을 감지했다. 언어의 신비가 그 베일을 벗는 순간이었다. 나는 그제야 지금 내 손 위로 세차게 내리꽂히는 이 차가운 물줄기가 '물'이라는 것의 정체임을 알았다. 살아 숨 쉬는 낱말의 입맞춤을 받은 내 영혼은 긴 잠에서 깨어나 그것이 가져다준 빛과 희망과 기쁨을 맛보았다. 나는 비로소 자유를 찾았다. 물론 아직도 많은 장애물이 남아 있었다. 그러나 그 모든 장애물은 시간이 흐르면서 사라질 것들이었다.

펌프가에서 있었던 이 사건은 내게 배움의 열의를 불어넣었다. 모든 사물은 이름을 갖고 있으며, 각각의 이름은 새로운 생각을 불러왔다. 집에 돌아오자 만지는 모든 것에서 생명의 떨림이 느껴졌다. 이제는 내가 사물을 이전과는 다른 태도로, 새롭게 보기 시작했다는 의미였다. 문을 열자 조금 전 산산조각을 내버린 인형이 생각났다. 난로 한편에 치워놓은 깨진 무더기를 더듬어 부서진 조각을 찾아들고 어떻게든 그것을 맞춰보려고 했지만 소용없었다. 눈물이 차올랐다. 내가 무슨 일을 저질렀는지 그제야 비로소 깨달은 것이다. 난생처음 후회하는 마음이 들더니 슬픔이 몰려왔다.

나는 그날 정말 많은 낱말을 익혔다. 전부 기억하지는 못하지만 어머니, 아버지, 여동생, 선생님이 들어 있었던 건 분명하다. "아론의 지팡이에 꽃이 핀 것처럼*" 이들 낱말들로 하여 세상은 바야흐로 내 앞에서 피어나기

---

* 구약성서 민수기에 따르면 하느님은 모세의 형 아론의 지팡이에 싹이 돋고 꽃이 피게 하여 그를 선택했음을 증거했다.

시작했다. 즐거운 사건의 연속이었던 하루가 마침내 저물고 침대에 누웠을 때 지금의 나보다 더 행복한 아이가 세상에 또 있을까 싶었다. 아, 내게 찾아온 이 기쁨이 계속되기를, 나는 처음으로 다가올 새날을 소망했다.

5

············· 내 영혼을 눈뜨게 한 1887년 그 여름의 많은
일을 돌이켜본다. 오직 손밖에 쓸 수 없었던 지적 탐험,
나는 손으로 만지는 모든 것의 이름을 알고자 했다. 이
름을 알고 또 어떻게 사용하는지를 익히면 익힐수록 아
직 탐험하지 못한 세상을 향해 내 감각을 쓰는 것이 한
결 즐겁고 자신만만해졌다.

데이지와 애기미나리아재비의 계절이 찾아왔다. 선생
님은 씨 뿌릴 준비를 하는 들판을 가로질러 테네시강 기
슭까지 나를 이끌었다. 우리는 따뜻한 풀밭에 앉아 자연

의 은택 속에서 첫 수업을 했다. 태양과 비는 보기에도 좋을 뿐만 아니라 우리의 양식도 되어주는 각종 나무를 어떻게 길러내는 것인지, 새는 어떻게 둥지를 짓고 살아가며 이 땅에서부터 저 땅에 이르기까지 나날이 번성하는 건지, 또 다람쥐와 사슴 그리고 사자와 그 밖의 동물들은 모두 어떻게 먹을 양식을 구하고 잠자리를 찾는 건지, 나는 이런 것들을 자연 속에서 배웠다. 사물에 대해 더 많이 알면 알수록 내가 사는 세상이 주는 즐거움을 더 많이 느낄 수 있었다. 선생님은 내게 셈을 가르치고 지구가 어떻게 생겼는지 알려주기 전에, 향기로운 나무며 잎사귀 그리고 풀이 지닌 아름다움을 느끼고 갓난쟁이 여동생의 손을 만져 오목하게 들어가기도 하고 곡선을 이루기도 한 생김새의 조화를 발견하도록 오랜 시간 공들여 지도했다. 선생님은 내 생각이 자연에서부터 자라나기를 바랐고, "새와 꽃도 우리 인간과 다를 바 없는, 행복할 권리를 가진 하나의 생명체임을" 깨우쳐주고 싶었던 것이다.

그러나 이즈음에 나는 자연이 늘 친절하기만 한 것은 아니라는 사실을 절실히 깨닫는 경험을 하게 되었다. 유난히 길었던 산책에서 돌아오는 길이었다. 산책을 나서던 아침만 해도 날씨는 상쾌하기 그지없었는데 점점 기온이 오르더니 급기야 찌는 듯 무더워지는 바람에 우리는 방향을 돌릴 수밖에 없었다. 두세 차례나 나무그늘을 찾아 쉬어 가야 할 정도였다. 마지막으로 멈춘 곳은 집에서 얼마 떨어지지 않은 야생벚나무 아래였다. 그늘은 기분 좋을 만큼 시원한 데다 기어오르기도 쉬운 나무여서 나는 선생님의 도움을 받아 가지에 걸터앉을 수 있었다. 나무 위에 앉아 있으니 더위가 싹 가시고 너무 좋았다. 그러자 선생님은 여기서 점심을 먹는 게 어떻겠냐고 하셨고, 나는 선생님이 점심을 가져오는 동안 얌전히 앉아 기다리겠노라고 했다.

그런데 갑자기 나무 위의 상황이 돌변했다. 방금 전까지도 느껴지던 열기가 사라졌다. 태양 열기는 내게 빛이나 다름없었으므로 나는 하늘이 캄캄해지고 뜨겁던 기운이 대기 밖으로 홀연히 사라진 것을 알 수 있었다. 땅에서 이상한 냄새가 올라왔다. 나는 이 냄새를 알았다. 이 냄새가 난 다음엔 꼭 천둥번개가 쳤다. 표현할 길 없는 공포가 몰려왔다. 친구들로부터도 지면으로부터도 떨어진 채 나는 아무런 도움도 받지 못하는 외로운 처지였다. 알 수 없는 어마어마한 기운이 나를 에워쌌다. 나는 가만히 앉아 그저 기다릴 수밖에 없었다. 온몸이 오싹해지는 공포가 나를 휘감았다. 선생님이 어서 돌아와 주기를 기다렸다. 그러나 무엇보다도 간절히 원한 건 땅으로 내려가는 거였다.

불길하다 싶을 정도로 고요하다는 느낌도 잠시, 나뭇잎이 엄청나게 흔들렸다. 나무마저도 흔들흔들했다. 바람이 어찌나 세게 휘몰아치는지, 힘껏 나뭇가지를 끌어안고 매달리지 않으면 나무에서 떨어질 판이었다. 나무가 기우뚱하더니 비틀렸고 부러진 잔가지는 소낙비처럼 내 머리 위로 쏟아져 내렸다. 순간 뛰어내릴까 하는 생각이 들었으나 무서워서 도저히 엄두가 나지 않았으므로 갈라진 나무 틈새로 한껏 몸을 웅크렸다. 나뭇가지가 마치 회초리처럼 나를 내리쳤다. 어떤 진동이 간간이 사이를 두면서 계속해서 느껴졌는데, 마치 무슨 육중한 것이 떨어져 내가 앉은 큰 가지까지 그 충격이 전해져오는 것 같았다. 나는 정말이지 너무나 무서워 이대로 있다간 나무와 함께 뽑혀 나가는 게 아닌가 싶었다. 그때였다.

선생님이 내 손을 잡았다. 나는 선생님의 손에 이끌려 무사히 내려올 수 있었다. 선생님에게 매달려 다시 땅을 밟을 때는 안도감에 온몸을 떨었다. 이 일로 나는 교훈을 하나 얻었다. 자연은 "제 자녀들에게도 전쟁을 치르게 할 뿐 아니라 아무리 부드러운 손길이라 할지라도 그 속에는 마음을 놓을 수 없게 만드는 날카로운 발톱이 도사리고 있다"는 것이었다.

이 일을 겪고 한참 동안 나는 나무를 타지 않았다. 생각하는 것만으로도 몸서리가 쳐졌다. 그러나 꽃이 만발한 어느 날 아카시아나무가 내민 달콤한 유혹의 손길에 그만 그간의 두려움을 떨쳐버릴 수 있었다. 아름다운 봄날 아침이었다. 혼자 책을 읽고 있었는데 어디선가 놀랍도록 신비로운 향기가 풍겨오는 것이었다. 자리에서 일어나 두 손을 뻗치고 무엇인가에 이끌리듯 더듬어 나갔다. 마치 봄의 정령이 스쳐가는 것만 같았다. "이게 뭘까?" 얼마 지나지 않아 나는 그것이 아카시아 향기임을 알아챘다. 더듬더듬해서 정원 끝까지 가서는 아카시아나무가 있는 울타리까지 이르기 위해 오솔길로 들어섰다. 바로 거기 따뜻한 햇살을 받으며 아카시아나무가 꽃송이를 주렁주렁 매단 채 서 있었다. 꽃송이는 한없이 늘어져 웃자란 키 큰 풀에 닿을 듯했다. 세상에 이토록 절묘하게 아름다운 게 또 있을까? 천상의 것을 지상에 옮겨 심어놓은 듯 땅의 미세한 손길에도 금세 움츠러들었다. 소낙비처럼 나리는 꽃잎을 맞으며 한 1분가량 굵은 나무 밑동 옆에 망설이며 서 있었다.

이윽고 나는 갈라진 나무 틈 사이 좀 널찍한 공간에 발을 올리고 나무 쪽으로 바짝 힘을 주며 매달리기 시작했다. 가지가 너무 굵고 껍질은 손을 다칠 정도로 거칠어서 매달려 있는 것만도 쉽지 않았다. 그러나 이처럼 놀랍고 독특한 경험을 어디 가서 해보랴 하고 즐거워하며 높이 더 높이 올랐다. 마침내 나는 누군가 오래전에 만들어놓은 듯한 작은 의자에 이르렀는데 그것은 이미 나무의 일부나 마찬가지였다. 오래도록 거기 앉아 있자니 내가 꼭 장미 구름을 탄 요정이라도 된 것 같았다. 천상의 나무 위에서 행복한 시간을 보낸 후 나는 요정을 생각했으며 밝은 꿈을 꿨다.

6

·············· 나는 이제 언어의 세계로 들어갈 열쇠를 가졌으므로 하루라도 빨리 그것을 써서 열심히 배우고 싶었다. 들을 수 있는 아이는 특별한 노력을 기울이지 않고도 말을 배우게 마련이다. 그들은 마치 날아다니며 주워 담듯이 너무도 쉽고 재미있게 다른 사람들의 입술에서 떨어져 나오는 낱말을 잡아챈다. 그러나 들을 수 없는 아이들은 어떤가. 힘겹게 때로는 고통스러운 과정을 밟아가며 올가미에 낱말이 걸려들게 해야 한다. 과정이야 어떻든 그 결과는 실로 놀랍다. 어렵게 깨친 사물의

이름부터 시작하여 최초의 한 음절을 더듬거리는 단계를 지나 마침내 셰익스피어의 세계를 노래하는 데 이르기까지 멀고도 험한 길을 헤쳐가야 한다.

처음에는 선생님이 새로운 것을 가르쳐주더라도 질문할 게 없었다. 구름을 잡는 듯 막연했고, 아는 낱말이라고 해봐야 별 게 없었다. 그러나 아는 게 많아질수록 어휘도 풍부해지고 알고 싶은 것도 많아졌다. 때문에 같은 주제로 되돌아오기를 반복하고 그때마다 더 많은 정보를 필요로 했다. 그리하여 때로는 새 낱말로 인해 이전 경험이 뇌에 새겨놓은 인상이 다시 떠오르는 일도 있었다.

처음으로 '사랑'이란 낱말의 의미가 무엇인지 물었던 아침이 생각난다. 낱말을 많이 알기 전이었다. 어느 날 다소 일찍 피어난 바이올렛 몇 송이를 발견하고는 그것을 따다가 선생님에게 드렸다. 선생님은 내게 입을 맞추려 했으나 그때까지만 해도 나는 어머니 외에 누구와도 입을 맞추고 싶지 않았다. 그러자 선생님은 한쪽 팔로 나를 포근히 감싸 안고 내 손에 "나는 헬렌을 사랑해"라고 썼다. 나는 물었다. "사랑이 뭐예요?"

선생님은 나를 더욱 바싹 껴안으며 내 심장을 가리키

더니 "그건 여기 있단다" 하고 말했다. 난생처음 나는 심장이 뛰고 있다는 것을 알았다. 그러나 만질 수 없는 것을 이해할 수 없었던 당시로선 그 말이 오히려 나를 더 혼란스럽게만 했다.

나는 선생님의 손에 들린 바이올렛 향을 맡은 뒤 갓 배우기 시작한 낱말과 예전에 쓰던 신호를 섞어가며 다음과 같은 요지의 질문을 했다.

"사랑은 꽃의 달콤함인가요?"

"아니, 그렇지 않단다."

나는 다시 생각했다. 마침 선생님과 나는 따뜻한 햇볕을 쬐고 있었다. 이 따뜻한 것이야말로 사랑이 아닐까? 나는 열이 감지되는 방향을 가리키며 물었다.

"그럼 이것이 사랑인가요?"

만물을 키워내는 따뜻함의 원천인 태양보다 아름다운 것이 또 어디에 있겠는가. 그러나 선생님은 고개를 가로저었다. 너무도 혼란스러워 나는 낙심천만이었다. 왜 선생님은 내게 사랑이 무엇인지 가르쳐주지 않는 걸까 의아했다.

그로부터 하루 이틀이 지난 어느 날 나는 왼쪽과 오

른쪽으로 구슬을 나누어놓고 큰 거 두 개, 작은 거 세 개 하는 순서로 꿰고 있었다. 나는 자꾸 틀렸고 선생님은 그럴 때마다 친절하게 잘못을 바로잡아주었다. 그러다 어느 순간 내가 어디서 자꾸 틀리는지 알게 된 후 작업에 정신을 집중하게 됐으며 어떻게 해야 틀리지 않을지 생각하게 됐다. 그러자 선생님은 내 이마에 대고 '생각하다'라고 결정적인 한 단어를 써주었다.

바로 그때 나는 내 머릿속에서 일어나는 일련의 과정을 가리키는 바로 그 단어를 섬광과도 같이 깨우쳤다. 추상적인 개념을 최초로 이해한 순간이었다.

그렇다면 사랑은? 무릎 위에 놓인 구슬은 까맣게 잊어버린 채 오래도록 가만히 앉아서 사랑의 의미를 알아내려고 애썼다. 구름이 잔뜩 끼어 하루 종일 흐린 날씨였다. 한차례 소나기가 지나가자 언제 그랬냐는 듯 남부 특유의 찬란한 태양이 모습을 드러냈다.

나는 물었다. "선생님, 사랑은 이런 건가요?"

"그래, 맞아. 사랑은 햇살이 비치기 전 끼어 있던 구름 같은 거란다."

당시 나로서는 이 짧은 한 문장을 도저히 이해할 수

없었다. 그러자 선생님은 다음과 같이 설명해주었다.

"헬렌, 너도 알겠지만 우리는 구름을 만질 수 없단다. 그러나 비를 만질 수는 있지. 한낮의 무더위에 시달려 목마른 대지와 꽃이 단비를 받아 마시고 얼마나 좋아하는지 너도 잘 알잖니? 사랑도 꼭 그렇단다. 손에 잡히지는 않지만 모든 것 위에 부어지는 그 달콤함만은 느낄 수 있지. 사랑이 없다면 행복하지도 뭘 하고 싶지도 않을 거야."

이 아름다운 진리는 내 마음을 사로잡았다. 사람과 사람의 영혼을 연결하는 보이지 않는 끈이 느껴졌다.

선생님은 처음 나를 가르치기 시작할 때부터 줄곧 들을 수 있는 아이들에게 말하듯 내게도 반복해서 말했다. 단지 말하는 대신 내 손에 그 말을 써주었다는 것이 다를 뿐이었다. 나는 내 생각을 표현하는 데 필요한 어휘를 들을 기회가 따로 없었다. 그러므로 선생님은 내가 대화를 계속 이어가지 못하면 하고 싶은 말이 이런 것이냐고 재차 물어 내가 새 낱말을 익히도록 가르쳤다.

이런 과정이 여러 해 계속되었다. 일상생활에서 쓰는 극히 단순한 표현이라 할지라도 듣지 못하는 아이가 그

걸 익히려면 한 달이나 한두 해 정도가 아니라 몇 년씩 걸린다. 들을 수 있는 아이는 반복해서 듣고 그대로 따라 하기만 하면 된다. 가정에서 아이가 듣는 모든 대화는 마음을 움직이고 이야깃거리를 만들어내며 자기 생각을 즉시 표현하게 하는 공부 그 자체다. 하지만 듣지 못하는 아이에겐 그런 자연스러운 생각의 교환이 일어나지 않는다. 이를 잘 아는 선생님은 내게 부족할 수밖에 없는 자극을 여러 방면에서 채워주려 했다. 선생님은 자신의 귀에 들리는 것을 가능한 한 반복해서 내게 전달해주어 나를 대화에 끌어들였다. 그러나 내가 정말로 적절한 시점에 내 의사를 표현하면서 대화에 자연스럽게 참여하기까지는 오랜 시일이 걸렸다.

듣지도 못하고 보지도 못하는 아이가 대화의 즐거움을 알아가는 일은 정말이지 어려운 노릇이다. 보이지도 들리지도 않는 가운데 얼마나 뼈를 깎는 노력을 기울여야만 했을지 짐작되지 않는가. 그런 아이들은 다른 사람의 도움 없이는 결코 말하는 사람의 의중이 담겨 있을 소리의 높낮이며 길고 짧음을 구별할 수 없다. 그뿐인가. 영혼의 거울이라고 하는 상대의 얼굴 표정조차 볼 수 없다.

7

………… 내가 받은 교육에서 그다음으로 중요한 단계는 읽기를 배운 것이다.

내가 몇 개 단어의 철자를 알게 되자 선생님은 내게 활자가 도드라지게 인쇄된 마분지 조각들을 주었다. 나는 마분지 카드에 인쇄된 낱말이 어떤 사물, 어떤 행동, 어떤 성질을 나타낸다는 것을 재빨리 익혔다. 짧은 문장을 이루는 단어 하나하나를 어순대로 늘어놓을 수 있는 판이 있었는데, 이 판에 문장을 만들어내기 전에 나는 사물 하나하나에 그 마분지 카드들을 사용했다. 가령

'침대 위에 인형이 있다'라는 문장을 만들기 전에 해당하는 사물 위에 그 이름 카드를 올려놓는 것이다. 그러니까 '인형', '있다', '위에', '침대'를 가리키는 카드를 찾은 다음 인형 옆에 '있다', '위에', '침대'라고 쓴 카드를 늘어놓는 식이다. 말하자면 만들려고 하는 문장에 해당하는 물건 옆에 카드를 늘어놓음으로써 그 문장이 뜻하는 것을 표현하여 한 문장 한 문장을 익혀 나갔다.

하루는 선생님이 "나는 앞치마에 '소녀'라는 카드를 꽂고 옷장 속에 서 있다"라고 말했다. 나는 선반 위에 '있다', '속에', '옷장'이라고 쓴 카드를 찾아 올려놓았다. 이 놀이가 너무나도 재미있어서 한 번 시작하면 몇 시간이고 지칠 줄 모르고 계속했다. 그러므로 방 안의 모든 물건이 어떤 문장을 가리키는 물건으로 가지런히 정돈되곤 했다.

이로써 인쇄된 마분지 카드에서 인쇄된 책으로 옮겨가는 데 이제 한 발짝 정도만 남은 셈이다. 나는 곧 『읽기 첫걸음』이라는 책에서 아는 낱말을 찾아다니게 되었다. 아는 낱말을 발견할 때마다 숨바꼭질을 하는 것처럼 즐거웠다. 그렇게 나는 읽기를 배웠다. 바야흐로 문장이

끊어지지 않고 이어지며 하나의 이야기가 펼쳐지는 책을 읽기 시작했을 때의 일에 대해서는 나중에 쓰기로 하겠다.

어쨌거나 나는 오래도록 정규 수업이라는 걸 받지 않았다. 매우 진지하고 열심히 공부할 때에도 그것은 일이라기보다 놀이에 가까웠다. 선생님은 항상 모든 것을 아름다운 이야기나 시로 옮겨 가르쳤다. 선생님은 내가 좋아하고 흥미 있어 하는 것을 어린 소녀인 양 함께 느끼고 나누었다. 많은 아이들이 따분한 문법 수업과 어려운 수학 수업을 공포에 가까울 정도로 두려워하고 걱정한다지만 나에겐 그런 배움의 순간들이 소중한 추억이 되었다.

나는 설리번 선생님이 왜 그토록 유별나리만치 내가 하고 싶어하고 좋아하는 일을 하게 해주려고 했는지 설명할 수 없다. 아마 보지 못하는 사람들과 오래도록 함께 살아온 경험 때문이었을 것이다. 게다가 선생님은 묘사하는 능력이 뛰어났다. 그뿐인가. 재미없고 사소한 것들은 빨리 넘어갔고, 지난 시간에 배운 것을 잘 기억하고 있는지 알아볼 요량으로 잔소리를 늘어놓지도 않았다. 건조하고 삭막하기 짝이 없는 과학기술마저도 차근차근 주제에 맞춰 생동감 넘치게 가르쳤다. 그 덕분에 나는 배운 것을 까먹거나 하는 일이 결코 없었다.

우리는 실내보다 야외에서 공부하는 것을 더 좋아했다. 어린 시절의 수업을 떠올리면 야생포도가 내뿜는 향기와 뒤섞여 늘 술 내음이 묻어난다. 나는 야생 튤립 그늘에 앉아 세상 모든 것은 저마다 가치가 있음을 배웠다. "사물은 그 유용성으로 인해 아름답다." 윙윙거리고 붕붕대는 것으로, 한껏 지저귀는 것으로, 활짝 꽃피우는 것으로 제 몫을 다하는, 그야말로 자연의 모든 것이, 목청껏 울어대는 개구리며 내 손 안에 갇혀서도 기죽지 않고 새된 소리를 내는 여치며 귀뚜라미, 보송보송한 털로 뒤덮인 병아리, 들꽃과 활짝 피어난 층층나무꽃 그리고 제비꽃과 과일나무, 이 모두가 내 수업의 소재요 주제였다. 나는 터뜨리고 나온 목화 열매를 어루만지고 부드러운 섬유와 솜털에 싸인 씨앗을 더듬는다. 옥수숫대를 스쳐 나지막하게 불어오는 바람결과 긴 잎사귀가 살랑살랑 흔들리는 것을 느낀다. 목초지에서 뛰놀던 망아지를 붙들어 입에 재갈을 물릴 때마다 녀석은 성난 몸짓으로

콧김을 내뿜었다. 아, 녀석의 숨결에 묻어 있던 클로버의 향긋한 냄새를 어찌 잊을 수 있겠는가.

때로 새벽녘에 일어나 아무도 모르게 정원에 나서면 잔디며 꽃이 이슬을 고스란히 머금고 있었다. 장미꽃의 보드라운 감촉이며 아침 산들바람에 나부끼는 백합의 고운 움직임을 감지하는 기쁨! 때로 내가 딴 꽃 속에 들어 있던 곤충이 외부의 압력을 감지하고 갑작스러운 공격에 소스라치게 놀라 비비대던 날갯짓소리를 느낄 때도 있었다.

내가 또 즐겨 찾은 곳은 과일이 무르익어가는 7월 초의 과수원이었다. 솜털이 송송한 큼직한 복숭아가 손에 닿을 듯 영글고 나무 사이로 상큼한 바람이라도 불어오면 떨어져 구르는 사과가 발끝에 채였다. 앞치마 가득 과일을 그러모으면 얼마나 행복했는지 모른다. 한껏 태양빛을 받은 사과를 얼굴에 비비며 집으로 뛰어 돌아올 때의 기쁨은 또 얼마나 컸던지!

우리가 가장 좋아한 산책 코스는 켈러의 상륙지까지 걷는 것이었다. 남북전쟁 기간 동안 병사들이 상륙하던 이곳은 테네시강 기슭에 위치한 부둣가 오두막인데 오래되어 쇠락한 상태였다. 우리는 거기서 지리 공부를 하며 즐거운 시간을 보냈다. 조약돌로 댐을 쌓고 강바닥을 파서 섬과 연못도 만들었다. 얼마나 재미있던지 공부를 한다는 생각도 들지 않았다. 나는 선생님이 들려주는 불타는 산 이야기며 파묻힌 도시, 얼음이 떠내려가는 강, 그 밖의 많은 이상한 이야기를 두 귀를 쫑긋 세우고 흥미진진하게 들었다. 선생님은 찰흙으로 여기저기 도드라진 지도를 만들어서 만져보기만 해도 산등성이와 계곡을 구분하고 손가락으로 꾸불꾸불 강의 흐름을 짚어갈 수 있게 해주었다. 나는 선생님이 만든 지도를 좋아하기는 했지만 지구를 위도와 경도로 나누고 양극을 표시하는 것만큼은 너무나도 혼란스러워 짜증이 났다. 실을 둘러쳐서 열대와 온대 등 기후대를 표시하고 오렌지 가지를 말뚝처럼 꽂아 양극을 표시했는데, 그게 어찌나 실감이 나던지 지금도 나는 누가 온도대가 어쩌고 하면 실을 꼬아 둘러친 원을 떠올릴 정도다. 그뿐인가. 만약 누군가 북극점에는 실제로 말뚝이 꽂혀 있고 흰곰이 거기에 기어오른다는 거짓말을 한다고 해도 쉽사리 속았을 것이다.

내가 좋아하지 않은 유일한 과목을 꼽으라면 뭐니 뭐니 해도 산수다. 처음부터 숫자의 과학에 나는 관심이 없었다. 선생님은 구슬 꿰기나 유치원에서 하는 밀짚 늘어놓기 같은 방법을 동원해서 더하기와 빼기 등 셈을 가르치려 애썼다. 그러나 나는 한꺼번에 밀짚 대여섯 묶음을 늘어놓을 정도로 인내심을 발휘하지 못했다. 겨우 하나를 끝마쳤다 싶으면 하루해가 얼마 남지 않았다는 생각에 마음이 바빠져서 같이 놀 친구를 찾아 밖으로 잽싸게 뛰쳐나가곤 했다. 이렇듯 서두를 것 없다는 자세로 느긋하게 동물학과 식물학을 공부했다.

한 번은 이름이 생각나지 않는 어떤 신사가 내게 채집한 화석을 보내왔다. 아름다운 무늬의 작은 조가비들과 새의 발톱이 찍힌 사암 조각, 그리고 돋을새김을 한 것처럼 굳어진 사랑스러운 고사리가 들어 있었다. 이것들은 내게 대홍수* 이전 세계의 보물창고를 여는 열쇠였다. 선생님은 내게 발음하기조차 어려운 기이한 이름이

---

* 노아의 홍수.

붙은, 한때 먹이를 찾아 거대한 나뭇가지를 부러뜨리며 원시림을 어슬렁거리다가 어두컴컴한 늪지에 빠져 죽었다는 무시무시한 짐승들의 이야기를 떨리는 손끝에 담아 들려주었다. 오랫동안 이들 괴물이 종횡무진 내 꿈을 유린했다. 뿐만 아니라 음울한 태곳적 세계가 즐거움으로 가득한 오늘, 햇빛과 장미 그리고 내가 사랑하는 망아지 발굽이 울리는 부드러운 진동으로 가득한 지금 이 순간에 어둠침침한 배경을 드리우곤 했다.

언젠가는 또 아름다운 조가비를 선물받았다. 어린아이다운 기발함으로 대체 얼마나 작은 연체동물이기에 제가 살 집에다 이렇듯 반짝이는 고리를 감았을까, 어떻게 앵무조개가 바람 한 점 없는 고요한 바다에서 인도양 푸른 물을 가르며 '진주의 배'로 항해할 수 있는 걸까를 배웠다. 바다생물의 생활과 습성에 관해 엄청나게 많은 재미있는 이야기를 배웠다. 밀려드는 파도 한가운데서 작은 폴립이 어떻게 태평양의 아름다운 산호섬을 만들고 유공충有孔蟲이 많은 백악의 땅을 만드는지 등등. 이어서 선생님은 「방이 있는 앵무조개」*를 읽어주었다. 그리고 연체동물이 조가비를 만들어가는 과정이 꼭 사람의 마음이 성장해가는 모습을 닮았다고 가르쳐주었다. 앵무조개의 외투막이 물에서 흡수한 재료를 변화시켜 제 몸의 일부를 만들어내는 놀라운 작용을 하는 것처럼 사람들도 모아들인 지식의 파편으로 그 비슷한 변화를 수행하여 마침내 생각의 진주를 만들어낸다.

다음 수업의 주제는 식물의 성장이었다. 우리는 백합을 사서 해가 잘 드는 창가에 두었다. 얼마 지나지 않아 푸르던 봉오리가 벌어질 기미를 보이더니 가늘고 긴 손가락을 닮은 꽃잎이 천천히, 내 생각엔 제 안에 숨겨놓은 아름다움을 마지못해 드러내듯 그렇게 천천히 벌어졌다. 그러나 시작은 더뎠음에도 개화는 금세 이루어졌다. 마치 어떤 순서가 이미 프로그래밍되어 있기라도 하듯 말이다. 항상 그중 하나의 봉오리가 나머지 것들보다 더 크고 아름다웠다. 외양부터 도드라지고 부드러운 비단옷을 휘감은 이 미인은 자신이 백합의 여왕 자리에 오를 자격이 있음을 스스로도 잘 알고 있는 눈치였다. 모든 식물이

---

* 미국의 유머 작가 올리버 홈스의 시.

백합의 아름다움과 향기에 저마다 고개를 숙이자 그녀의 자매들은 늘어서서 일제히 수줍은 듯 모자를 들어 예를 올리고 마침내 그녀는 당당히 왕좌에 오른다.

한 번은 수초를 가득 채운 어항에 올챙이 열한 마리를 넣어 창가에 놓아둔 적이 있다. 어항에서 뭔가 찾아내려고 열심을 냈던 걸 기억한다. 어항 깊숙이 손을 집어넣으면 올챙이가 손가락 사이로 이리저리 미끄러지듯 돌아다니며 장난치는 게 느껴졌다. 그게 얼마나 재미있었는지 모른다. 어느 날 그 가운데 꽤 용감무쌍한 녀석 하나가 어항 밖으로 탈출을 시도했던 모양이다. 살았다고 보기 어려운 몰골로 마룻바닥에 누워 있는 한 녀석을 발견했는데, 꼬리를 꿈틀거리는 것으로 제가 아직 살아 있다는 신호를 겨우 보내고 있었다. 그러나 물에 집어넣자마자 웬걸, 어항 바닥에 닿기가 무섭게 튀어오르더니 활개를 치며 헤엄을 쳐대는 것이었다. 이제 녀석은 알았을 것이다. 어쭙잖은 용기 한 번 부려 세상 구경도 했겠다, 죽다 살아났으니 개구리로 성장할 때까지는 이 작은 유리 집, 커다란 푸크시아나무 아래서 얌전히 지내는 것에 만족해야 한다는 것을. 후에 녀석은 정원 구석에 있는 수풀 우거진 연못으로 이사해 사랑의 세레나데를 부르며 여름밤을 보내게 되었다.

내겐 이렇듯 살아 있는 일상이 교과서이자 학교였다. 시작은 단지 숱한 가능성 가운데 아주 미미한 것에 지나지 않았다. 그 하나하나를 열어 키워준 이가 설리번, 내 선생님이었다. 그분이 와서 내 주변 모든 것에 사랑과 기쁨을 불어넣어 의미로 충만케 했다. 선생님은 우리가 접촉하는 모든 것 속에 깃든 아름다움을 이끌어낼 기회를 그냥 지나치는 법이 없었다. 뿐만 아니라 내 삶을 즐겁고 유익한 것으로 만들기 위해 생각하고 행동하고 본을 보이기를 잠시도 쉬지 않았다.

선생님은 내 처지를 누구보다도 빨리 공감했고, 사랑으로 가르쳤을 뿐만 아니라 천재였다. 때문에 선생님과 함께한 첫해는 너무도 아름다운 나날이었다. 선생님은 그때그때 내가 잘 받아들이도록 즐겁게 지식을 전하는 능력이 뛰어났다. 선생님은 아이의 마음이 얕은 시내와 같아서 잔돌이 많은 배움의 과정을 지날 때에도 즐겁게 춤을 추듯 잔물결을 일으키며 여기는 꽃, 저기는 덤불, 또 저 위엔 양털구름을 본다는 것을 잘 알고 있었다.

그러므로 선생님은 산속의 숨은 샘물이 계곡을 따라 흐르며 깊은 강줄기를 이루듯이, 그리하여 그 고요한 수면 위에 작은 꽃송이의 고운 자태와 굽이치는 언덕과 선명한 녹음 그리고 푸른 하늘까지 고스란히 담아내듯이 꼭 그와 같은 방법으로 제자의 정신을 이끌었다.

아이를 교실로 데려오는 건 어느 선생님이나 할 수 있지만 그 아이로 하여금 무언가를 배우도록 하는 건 누구나 할 수 있는 일이 아니다. 아이는 할 일이 있든 없든 제 스스로 할 마음을 먹지 않으면 어떤 일이 되었든 즐겁게 하지 않는다. 그러므로 지루하기 짝이 없는 교과서를 붙들고 본격적인 씨름에 들어갈 의지를 다지기에 앞서 승리의 기쁨과 실패의 상실감 같은 것을 충분히 겪어야 한다.

선생님은 늘 가까이 있었으므로 나는 선생님과 나를 떼어놓고 생각할 수 없다. 그러므로 아름다운 것을 대할 때의 내 기쁨 가운데 얼마만큼이 나 스스로에게서 비롯된 것이고 얼마만큼이 선생님에게 받은 영향인지 말할 수 없다. 신생님 따로 나 따로 존재할 수 없는 것처럼 내 삶의 발자취는 고스란히 선생님의 발자취다. 내게 홀륭한 점이 있다면 그건 모두 선생님으로부터 온 것이다. 그분의 사랑의 손길이 아니었다면 내겐 재능도 영감도 없었을 것이고 기쁨 또한 없었을 것이다.

8

············ 선생님이 터스컴비아에 오신 그해 크리스마스는 성대했다. 가족 모두가 나를 위해 깜짝 선물을 준비한 것도 그랬지만 무엇보다 좋았던 건 선생님과 내가 모두를 위해 놀랄 만한 선물을 준비한 일이었다. 어떤 선물이 있을까 하는 호기심과 기대로 흥분도 되고 신이 났다. 친구들은 내 호기심을 자극하느라 가끔 어떤 암시를 주다가도 조금만 더 말해주면 거의 알아맞힐 듯싶은 지점에 이르러서는 뒷말을 잘라먹은 채로 입을 꽉 다물어버리기 일쑤였다. 선생님과 나는 줄곧 선물 알아맞

히기를 했다. 그러는 사이 수업시간에 배우는 것보다 더 많은 어휘 사용법을 익힐 수 있었다. 매일 저녁 환한 장작불 주위에 둘러앉아 알아맞히기 게임을 했는데 크리스마스가 다가올수록 흥미는 새록새록 더해갔다.

크리스마스 전날 밤에 터스컴비아 학교 아이들이 트리 장식을 끝내고 나를 초대했다. 교실 한가운데 반짝이는 밝은 불빛 아래 진귀한 과일을 잔뜩 매단 아름다운 크리스마스트리가 서 있었다. 최고로 행복한 순간이었다. 나는 춤을 추며 황홀경에 빠진 사람처럼 나무 둘레를 빙빙 돌았다. 더군다나 아이들 하나하나에게 돌아갈 선물이 있다는 걸 알게 되어 무척 기뻤다. 그런데 트리를 준비한 친절한 사람들이 그 선물을 나더러 나눠주라는 것이었다. 나는 너무 좋아서 내 몫의 선물도 있는지는 생각해볼 겨를조차 없었다. 그러나 막상 내 차례가 되자 평소의 내 인내심으로 보건대 얼마나 더 기다릴 수 있을지 장담할 수 없는 지경이 되었다. 내 앞에 놓인 선물들은 나를 애타게 하던 친구들의 여러 가지 암시와는 사뭇 달랐다. 이런 내 맘을 눈치챈 선생님은 이것들보다 훨씬 더 좋은 선물을 받게 될 거라고 귀띔해주었다. 그

러나 오늘은 이 정도로 만족하고 내일 아침까지 기다려
야 한다고 했다.

그날 밤 나는 긴 양말을 매달아놓고 잠든 척한 채 산
타클로스가 와서 어떻게 하는지 보려고 온 신경을 곤두
세웠다. 그러다 그만 양팔에 새 인형과 흰곰을 안은 채
잠이 들어버렸다. 다음 날 아침 우리 식구들을 깨운 건
나의 첫 성탄인사였다. "메리 크리스마스!" 깜짝 선물은
긴 양말 속만이 아니라 탁자며 의자, 문 옆과 창틀 위 곳
곳에 놓여 있었다. 포장지에 싸인 크리스마스 선물에 발
이 걸리지 않고서는 한 발짝도 걸을 수 없을 지경이었
다. 마침내 선생님의 선물인 카나리아를 받았을 때 내
기쁨의 잔은 넘쳐흐르고 말았다.

작은 카나리아, 팀은 길이 잘 들어서 내 손가락 위에
뛰어올라 손에 놓인 사탕앵두를 쪼아 먹을 정도였다. 선
생님은 이 녀석을 어떻게 돌봐야 하는지 꼼꼼히 일러주
었다. 아침이면 나는 식사가 끝나자마자 팀에게 갔다.
목욕을 할 수 있게 해주고 새장을 깨끗하고 향긋하게 만
들었을 뿐만 아니라 모이그릇에 신선한 새 모이와 방금
떠온 물을 채워 넣었다. 또 팀의 그네에 별꽃가지를 장

식했다.

　어느 날 아침 팀의 목욕물을 가지러 가면서 나는 새
장을 창틀 위에 놓아두었다. 돌아와 문을 여는데 획 하
고 큰 고양이 한 마리가 내 앞을 스쳐 지나가는 것이었
다. 처음에는 무슨 일이 일어난 건지 깨닫지 못하다가
새장에 손을 집어넣고서야 비로소 상황을 파악했다. 팀
의 예쁜 날개가 만져지지 않았다. 새의 작은 발톱이 더
는 내 손가락을 움켜쥐지 않았다. 이제 다시는 내 작고
어여쁜 가수를 볼 수 없다는 걸 가슴 저리게 깨닫는 순
간이었다.

9

············ 다음으로 중요한 사건은 1888년 5월 보스턴을 방문한 일이다. 여행을 앞두고 준비하던 일, 선생님과 어머니와 함께한 여행, 그리고 마침내 보스턴에 도착하기까지 그 모든 일이 마치 어제 일인 양 지금도 생생하기만 하다. 이번 여행은 2년 전 볼티모어 여행과는 사뭇 달랐다. 나는 이제 잠시도 쉬지 않고 돌아다니며 사람들의 주목을 받고 끊임없이 재미있게 해달라고 졸라대던 어린아이가 아니었다. 선생님 곁에 가만히 앉아 선생님이 보고 있는 창밖 풍경 이야기를 온 신경을 집중하

며 열심히 들었다. 아름다운 테네시강, 드넓은 목화밭, 언덕과 숲이며 정거장마다 무리지어 늘어선 흑인들이 손을 흔들고 열차가 멈춰 설 때마다 달콤한 캔디와 튀긴 옥수수를 팔러오는 광경 등을 말이다. 맞은편 의자에는 내 인형 낸시가 바둑판무늬가 새겨진 새 옷을 입고 햇빛 가리는 모자를 쓰고 앉아 구슬로 만든 두 눈으로 나를 쳐다보고 있었다. 선생님이 들려주는 이야기에 열중하 다가도 틈틈이 나는 낸시를 떠올리고 안아주었다. 그러 나 대개는 낸시는 자겠거니 하고는 골똘히 내 생각에 빠 져 지냈다.

앞으로 낸시 이야기를 다시 꺼낼 기회가 없을 것 같 아 보스턴에 도착한 후 그 아이에게 일어난 슬픈 사건에 대해 잠시 말하려 한다. 사실 낸시는 평소보다 좀 지저 분했다. 왜냐하면 내가 진흙 파이를 먹였기 때문이다. 물 론 낸시는 한 번도 진흙 파이가 맛있다고 한 적이 없었 던 걸로 보아 그날 또한 낸시가 먹고 싶다고 해서 먹인 건 아니었을 게 뻔하다. 어쨌거나 퍼킨스학교 세탁코너 에선 입 주위가 시커먼 낸시에게 당장 필요한 건 목욕이 라고 판단하고는 내게는 아무 말도 하지 않은 채 슬며시 낸시를 데려갔다. 그러나 그것은 불쌍한 낸시에게는 지나친 호사가 되고 말았다. 낸시는 두 눈을 제외하곤 예전 모습을 전혀 찾아볼 수 없으리만치 쪼그라든 솜뭉치로 변한 채 원망이 가득 담긴 눈으로 나를 바라봤다.

열차가 보스턴 역에 들어서자 내 앞에 아름다운 동화 속 나라가 펼쳐졌다. '옛날 옛날에'야말로 지금이요, '멀고 먼 나라'야말로 바로 여기였다.

퍼킨스학교에 와서 난생처음 앞 못 보는 아이들을 사귈 수 있었다. 그들이 손바닥에 손가락을 대고 쓴 글씨를 읽는다는 사실을 알게 되자 나는 말로 표현하기 어려운 기쁨을 느꼈다. 내가 하는 말을 알아듣는 친구를 만났으니 얼마나 기뻤겠는가. 그때까지도 나는 어디서나 마치 외국인처럼 통역을 세우고 말하는 이방인 신세일 수밖에 없었다. 로라 브리지먼이 공부했던 이 학교가 이제 내 모국이었다.

새로 사귄 친구들이 앞을 보지 못한다는 사실을 안 것은 시간이 좀 흐른 뒤의 일이었다. 앞 못 보는 나 자신에 대해서는 잘 알았지만 내 주변에 모여들어 명랑하게 시시덕거리며 장난치는 이 사랑스러운 아이들이 전부

앞을 보지 못한다니, 상상할 수조차 없는 일이었다. 내가 말할 때마다 그들이 내 손 위에 제 손을 올려놓는다는 것을, 손가락을 더듬어 책을 읽는다는 것을 알게 되었을 때 받은 놀라움과 아픔을 나는 잊을 수가 없다. 전에도 말한 바 있지만 그들은 나처럼 보지 못했지만 들을 수는 있었으므로 어느 정도 보는 기능을 대신할 감각을 가진 셈이었는데, 나는 처지가 같은 이 아이들을 받아들일 마음의 준비가 전혀 되어 있지 않았다. 그러나 그들은 행복해했고 만족해했으며 나 또한 그들과 우정을 나누며 곧 모든 아픔을 잊을 수 있었다.

당시 앞 못 보는 아이들과 보낸 하루하루는 새로운 환경이었음에도 집에서처럼 편안했다. 아이들과 함께하는 즐거운 경험은 날이 가는 것도 잊게 만들었다. 보스턴 외에도 다른 세상이 존재할까 하는 의문을 가질 정도로 보스턴은 내게 유일무이한 세계였다.

보스턴에 머무는 동안 벙커힐*을 방문했는데 나는 거

---

* 미국 독립전쟁 때 중요한 격전지.

기서 첫 역사수업을 받았다. 우리가 서 있는 바로 이 자리에서 용사들이 전쟁을 벌였다는 이야기에 사로잡혔다. 계단을 하나하나 세어가며 기념비에 올라서는 그 옛날 병사들이 이곳에 올라 적을 쓰러뜨렸겠지 하는 생각을 했다.

이튿날 우리는 배로 플리머스 항구*를 찾았다. 바다도, 배를 타고 하는 여행도 모두 처음이었다. 얼마나 생동감이 넘치던지, 참으로 놀라운 경험이었다. 배에서 나는 우르릉 소리를 천둥소리라고 착각해 그만 울음을 터뜨리고 말았다. 비가 오면 소풍을 가지 못할 거라고 생각했기 때문이다. 나는 무엇보다도 미국 땅을 처음 밟은 순례자들이 오른 큰 바위에 관심이 많았다. 손으로 만져볼 수 있다면 아마도 순례자들의 노고와 위업을 더 잘 알 수 있지 않을까 싶었다. 나는 순례자관에서 어떤 친절한 아저씨가 준 플리머스 바위 모형을 손에 들고 모서리며 중앙에 갈라진 부분, '1620***'이라고 새겨진 숫자를

---

*   메이플라워호가 아메리카 대륙에 처음으로 도착한 곳.
**   메이플라워호가 도착한 해.

손가락으로 더듬으며 내가 알고 있는 순례자 이야기를 떠올렸다.

어린아이의 상상력만으로 그들의 빛나는 모험을 과연 얼마나 밝게 그려냈다고 할 수 있을지 모르겠다. 나는 그들이야말로 낯선 땅에 보금자리를 만들려 한 너무도 용감하고 너그러운 사람들일 뿐만 아니라 자기 자신의 자유는 물론이고 그들을 따르는 동포들의 자유까지도 꿈꾼 이들이라고 이상화했다. 후에 우리에게 '아름다운 나라'를 가져다준 그들의 용기와 힘 이면에 부끄러운 박해 행위가 있었음을 알고 놀라움과 실망을 금하지 않을 수 없었다.

보스턴에서 사귄 친구들 가운데 윌리엄 엔디콧 씨와 그의 딸이 있다. 이들에게서 받은 친절은 두고두고 내게 즐거운 추억으로 남았다. 선생님과 나는 비벌리 농장에 있는 그의 아름다운 집에 초대받았다. 장미정원을 지나간 거며 덩치 큰 개 레오와 유난히 긴 귀에 털이 곱슬곱슬한 작은 강아지 프리츠가 나를 마중 나온 것, 그리고 이름난 경주마 님로드가 내 손에 코를 박고 사탕을 먹으며 저를 예뻐해달라고 비비대던 일이 기억난다. 태어나

서 처음으로 바닷가에 간 일, 모래 위에서 뒹굴던 기억
또한 잊을 수 없다. 그곳의 모래는 해초와 조개껍데기가
섞여 있어 푸석푸석하고 까끌까끌한 브루스터의 모래
와 달리 꺼칠꺼칠하면서도 부드러웠다. 엔디콧 씨는 보
스턴에서 출발하여 유럽으로 가는 배 이야기를 들려주
었다. 그 후에도 여러 차례 그를 만났는데 참 좋은 친구
였다. 내가 보스턴을 '친절한 사람들의 도시'라고 부르게
된 건 그분 덕분이다.

10

.... 퍼킨스학교의 여름방학을 앞두고 선생님과 나는 우리 친구 홉킨스 부인과 함께 코드곶에 있는 브루스터에서 방학을 보내기로 결정했다. 기대로 한껏 가슴이 부풀었다. 놀라운 이야기로 가득 찬, 늘 듣기만 하던 바다에 가는 것이었기 때문이다.

그 여름 무엇보다도 기억에 남는 건 바다이다. 내륙 깊숙한 곳에서만 살아온 까닭에 나는 소금기 머금은 공기를 마셔본 적이 없었다. 『우리 사는 세계』라는 두꺼운 책에서 읽은 바다는 놀라움으로 가득해서 엄청난 위력의 바다를 한 번 만져보고 그 포효를 느껴봤으면 하고 늘 별러왔다. 바야흐로 그 소원이 이루어질 참이니 내 심장이 얼마나 두방망이질했겠는가.

수영복으로 갈아입자마자 나는 따뜻한 모래사장 위를 통통 튀어 겁도 없이 차가운 바닷물 속으로 뛰어들었다. 큰 물결이 오르락내리락하는 게 느껴졌다. 물에 붕 뜨는 느낌이 더할 수 없이 짜릿한 기쁨을 주었다. 그러나 기쁨도 잠시, 나는 공포에 사로잡히고 말았다. 발이 바위에 부딪쳤나 싶더니 다음 순간 커다란 물살이 머리 위를 지나가는 바람에 아찔해지고 말았다. 뭐라도 붙잡아야겠기에 허우적거리기 시작했는데 파도에 밀려온 애꿎은 해초가 얼굴을 때리며 나를 놀릴 뿐이었다. 미친 듯이 발버둥쳤지만 아무런 소용이 없었다. 내 노력은 말 그대로 한낱 물거품에 불과했다. 파도는 한판 놀아보자는 듯 나를 거칠게 몰아붙이며 시시덕거렸다. 무서웠다! 견고한 땅에서 잠시 벗어났다고 해서 한순간에 생명도 공기도 온기도 사랑도 사라지고 이렇듯 낯설어지고 마는 것인가. 그러나 바다도 결국은 새 장난감에 싫증이 났던지 나를 해변에 내동댕이쳤고 나는 선생님의 품으로 돌아올 수 있었다. 선생님 품속에서 쉴 만큼 쉬고 안정을 찾아 입을 놀릴 수 있을 만큼 기운을 회복했을 때 나는 물었다. "누가 물에 소금을 탄 거지?"

바닷물과 처음 사귀어보려다가 뜨거운 맛을 본 후 회복은 되었지만 나는 물에 들어가는 대신 수영복 차림으로 커다란 바위에 올라앉아 놀았다. 파도가 바위에 부딪칠 때마다 물보라를 뒤집어쓰는 것이 여간 재미있지 않았다. 커다란 파도가 밀려올 때마다 해안가 조약돌이 자그락자그락 휩쓸려 다니고, 온 해안이 끔찍한 습격을 받아 몸살을 앓고, 그 바람에 공기마저도 부르르 몸서리치며 진동했다. 한껏 힘을 몰아 더욱 강해진 파도가 내리치자 나는 바위에 매달려 잔뜩 긴장한 채 세찬 파도의 엄청난 기세와 포효를 고스란히 느끼며 얼이 빠질 만큼 매혹되었다.

바다는 지루할 틈을 주지 않았다. 일체의 더러움을 허용하지 않을 듯 맑고 자유로운 바다 공기를 마시고 있으면 마음이 차분하게 가라앉으면서 새롭고 신선한 아이디어가 떠오를 것만 같고, 조가비와 조약돌 그리고 작은 바다생물이 달라붙어 있는 해초를 보고 있노라면 그 매력에 푹 빠져 헤어날 길이 없다.

어느 날 선생님이 얕은 물에서 잡아온 이상한 생물이 내 주의를 끌었다. 난생처음 보는 그것은 커다란 참게였다. 손으로 만져보니 녀석은 등에 제 집을 진 채 이동하는 것이었다. 너무도 신기해서 그 자리에서 녀석을 내 노리갯감으로 점찍고 양손으로 꼬리를 꼭 잡은 채 집으로 돌아왔다. 무사히 임무를 완수하여 의기양양하기는 했으나 녀석의 몸무게가 너무 나가는 탓에 800미터나 되는 거리를 끌고 오느라 여간 힘들지 않았다. 선생님도 나와 매한가지로 이 녀석을 안전하다 싶은 펌프가 물통에 던져두기까지 당최 편안히 쉬질 못했다. 다음 날 아침에 나가 보니 아뿔싸! 놈은 사라지고 없었다. 녀석이 어떻게 거기서 빠져나올 수 있었는지, 어디로 도망을 쳤는지 아무도 몰랐다. 그때는 너무나도 실망한 나머지 가슴이 아팠으나 시간이 갈수록 내가 불쌍하고 말 못하는 녀석을 저 살던 곳에서 끌어내온 것은 친절을 베푼 것도, 현명한 처사도 아니라는 걸 깨닫게 되었다. 아마도 녀석은 바다로 돌아갔으리라. 그렇게 생각하며 스스로를 위로했다.

11

············ 그해 가을 나는 가슴 가득 즐거운 추억을 안고 남부의 고향 집으로 돌아왔다. 북부 여행을 떠올릴 때마다 당시 경험했던 풍부하고 다양한 일이 경이롭게 느껴진다. 돌아보면 모든 일이 이 여행으로부터 시작되었던 것 같다. 새롭고 아름다운 세계의 온갖 보물이 발 아래 펼쳐지고 어딜 가나 즐거웠으며 배울 것은 천지에 널려 있었다. 나는 무엇 하나 그냥 지나친 적이 없었으며 잠시도 가만히 있지 않았다. 마치 살날이 얼마 남지 않아 자신의 모든 존재를 하루에 모두 쓸어 담으려는 조

그만 하루살이 벌레처럼 스물네 시간이 부족하다 싶을 만큼 하루하루를 바쁘게 살았다. 나는 수화로 이야기를 주고받는 많은 사람들을 만났다. 즐거운 공감대를 이루었음은 물론 우리가 나누는 생각은 도약을 거듭하더니, 보라, 기적을 이루었다! 마음과 마음 사이 불모의 황무지에 장미꽃이 피어났다.

　나는 그해 가을을 터스컴비아에서 약 22킬로미터쯤 떨어진 우리 집 여름산장에서 가족과 함께 보냈다. 근처에 오래도록 방치된 석회석 채석장이 있어 '양치 채석장'이라고도 불리는 곳이었다. 채석장 위 바위를 뚫고 샘솟아 까불까불 흘러내리는 조그만 시내는 제 갈 길을 가로막는 바위가 나타날 때마다 이리 솟구치고 저리 구르고 하하 웃음을 터뜨리며 폭포를 이뤄 내달리고, 초입부터 양치식물이 온통 석회암층을 뒤덮어 자연스레 시내를 가린다. 다른 쪽 산은 숲이 울창하다. 이끼로 뒤덮인 기둥처럼 튼튼하게 생긴 가지마다 담쟁이와 겨우살이 화환으로 단장한 아름드리 참나무며 위풍당당 상록수 그리고 감나무 등이 온 숲 구석구석까지 향기를 내뿜고 그 향기에 마음은 한껏 달아오른다. 야생 머스캣과

스쿠퍼농 포도넝쿨이 나무에서 나무로 뻗치고 감겨 만든 그늘은 늘 나비며 온갖 날벌레로 가득하다. 늦은 오후 뒤얽힌 나무로 엮어진 초록빛 분지에 들어앉아 나를 잊은 채 하루를 마감하는 시각, 땅으로부터 올라오는 상큼하고 달콤한 향기를 맡노라면 그지없이 즐겁다.

엉성하고 다소 거칠기는 하나 우리 산장은 산꼭대기에 자리한 까닭에 참나무와 소나무가 우거진 게 얼마나 아름다운지 모른다. 열린 구조의 긴 복도를 따라 작은 방이 나란히 자리하고 있다. 집 둘레를 넓은 베란다로 만들어서 산바람에 온갖 나무 향기가 실려왔다. 우리는 일을 하든 밥을 먹든 놀든 간에 대부분의 시간을 베란다에 나와 지냈다. 뒷문 쪽에 커다란 호두나무가 있었는데 그 둘레에 동그랗게 계단이 만들어져 있어 아주 가까이서 그 나무를 만질 수 있었다. 그곳에서는 바람에 가지가 흔들리는 것뿐 아니라 가을이면 낙엽이 우수수 떨어지는 것도 느낄 수 있었다.

채석장은 늘 방문객들로 붐볐다. 밤이면 남자들은 모닥불 앞에 둘러앉아 카드놀이를 하며 두런두런 이야기를 나눴다. 그들의 무용담엔 온갖 새와 물고기, 네 발 달린 짐승이 모두 등장했다. 그들이 쏘아 잡은 들오리와 칠면조는 일일이 셀 수 없을 정도였다. 송어를 낚아 올리기까지 벌여야 했던 사투며 교활하기 이를 데 없는 여우 이야기, 잡혔다 싶으면 죽은 체하는 주머니쥐보다 더 잔꾀가 많고 날쌔기까지 한 사슴을 마침내 따라잡은 이야기 등등. 어쨌거나 확실한 건 사자, 호랑이, 곰뿐 아니라 어떤 야수가 나타난다 할지라도 이들 사냥꾼 앞에서는 명함도 내밀지 못할 거라는 사실이다. "자, 그럼 내일의 사냥을 위하여!" 둘러앉은 사냥꾼 친구들이 헤어지며 나누는 인사였다. 그들은 "안녕히 주무시오"라고 인사하지 않았다. 그들이 방문 밖 베란다를 지나 자러 가는 것을 나는 개들의 심호흡과 그들을 위해 임시로 만든 즉석 침대의 움직임으로 알 수 있었다.

이튿날 새벽 나는 커피 냄새와 덜그럭거리는 총소리, 쿵쾅거리는 발소리에다 오늘 사냥에서 큰 걸 기대하며 서로 행운을 빌어주는 웅성거림에 잠이 깼다. 그들이 타고 온 말들이 나무 아래 묶여 긴 밤을 새우고는 이제 그만 벗어나고 싶다고 발을 구르는 것 또한 느낄 수 있었다. 드디어 남자들은 말에 올라타고 옛 노래에 나오는 것처럼 말고삐를 바투 잡고 채찍을 휘두르면서 노련한 사냥개를 앞세우고 "이랴! 워우! 가자 가!"라며 힘차게 출발했다.

정오 가까이 되어 우리는 바비큐 파티를 준비하기 시작했다. 땅에다 깊이 구멍을 파서 바닥에 불을 피우고 그 위에 굵은 막대를 십자로 엇갈리게 놓은 다음 쇠꼬챙이에 꿴 고기를 뒤집어가며 구웠다. 흑인들이 불가에 쪼그리고 앉아 긴 나뭇가지를 휘저어 파리를 쫓았다. 식사가 다 차려지려면 아직도 멀었는데 고기 익는 냄새에 벌써부터 배가 고팠다.

식사 준비가 한창 무르익을 즈음 고군분투하느라 지칠 대로 지친 사냥꾼들이 삼삼오오 들어서고, 땀범벅이 된 말들과 종일 혹사당하고도 단 한 마리도 잡지 못해 잔뜩 풀이 죽은 사냥개들이 헐떡이며 들어섰다. 이것만 봐도 이 파티가 사냥을 축하하는 것임을 짐작할 수 있었다. 어쨌거나 사슴 코빼기도 못 봤노라고 하는 사람은 아무도 없었다. 그러기는커녕 바로 코앞에서 사냥감을 목격했다고들 했다. 문제는, 개는 열심히 쫓고 총구는 분명 목표물을 정확히 겨냥했는데도 막상 방아쇠를 잡아당길 시점에는 사슴이란 녀석이 어디론가 사라지고 보이지 않는다는 것이었다. 어쨌거나 자기가 늘 다니는 길에서 방금 토끼를 잡을 뻔했다고 말하는 소년만큼은 운이 좋은 사람들이었다. 다행스러운 노릇이었다. 실망도 잠시, 모두 자리에 둘러앉아 사냥한 고기는 아니지만 집에서 기른 송아지와 돼지를 잡아 한 상 차려놓고 사냥 축제를 벌였다.

어느 해 여름 나는 양치 채석장에서 망아지와 함께 지낸 적이 있다. 그즈음 읽은 책 생각이 나서 그 녀석에게 '블랙뷰티*'라는 이름을 지어줬다. 윤기가 자르르 흐르는 검은 털이며 이마 위에 선명하게 새겨진 하얀 별에 이르기까지 여러 면에서 녀석은 정말이지 블랙뷰티를 쏙 빼박았던 것이다. 나는 녀석의 등에 올라타 행복한 시간을 보냈다. 가끔 안전하겠다 싶으면 선생님은 녀석의 고삐를 풀어주고 저 가고 싶은 대로 한가로이 노닐다가 오솔길을 따라 자란 나뭇잎이나 풀을 뜯어먹도록 놔

---

* 안나 슈얼의 동명소설의 주인공인 아름다운 검은 말.

두곤 했다.

아침에 일어났는데도 왠지 말 타고 싶은 기분이 들지 않는 날은 아침을 먹자마자 선생님과 숲 속으로 산책을 나섰다. 온갖 나무와 덩굴이 뒤엉킨 한가운데서 길을 잃기도 했다. 소나 말이 지나다녀 발굽에 다져진 곳을 빼면 길다운 길을 도무지 찾을 수 없었다. 종종 우리는 도저히 지나갈 수 없을 정도로 빽빽하게 우거진 잡목림에 가로막혀 되돌아와야만 했다. 어찌어찌해서 집에 돌아올 때면 양팔 가득 월계수와 메역취, 남부지방에서만 자라는 각종 양치식물과 화려하기 이를 데 없는 습지식물을 한 아름씩 안고 있었다.

어쩌다 밀드레드와 사촌들과 함께 감을 주우러 갈 때가 있었다. 사실 나는 감을 먹지 않았지만 감 향기가 좋았고 잎사귀와 풀을 헤치며 감을 찾는 것도 재미있었다. 우리는 나무열매도 따러 갔다. 그러면 나는 도토리 껍데기를 벗기거나 호두 까는 것을 거들었다. 알이 하나같이 얼마나 굵고 싱싱했는지 모른다.

산기슭에 철로가 나 있어 귀청이 떨어질 것 같은 소리를 지르며 내달리는 기차를 구경할 수 있었다. 기차 구경을 나갔다가 때로 기적소리에 놀라 디딤판으로 떨어질 때도 있었다. 우리뿐 아니라 소와 말도 놀랐던지 밀드레드가 뛰어와 지금 소랑 말이 길에서 벗어났다고 신이 나서 떠들었다. 철교는 협곡 위에 놓인 1600미터가량의 버팀다리로, 지나기 힘든 건 물론이고 침목 간격이 너무 뜨고 폭이 좁아서 마치 칼날 위를 걷는 것과 같았다. 그런데 정말로 칼날 위를 걸어야 하는 운명의 날이 오고야 말았다.

하루는 밀드레드와 설리번 선생님 그리고 나, 이렇게 셋이서 산책을 나갔다가 숲에서 길을 잃었다. 몇 시간을 헤맸으나 길을 찾을 수 없었다. 그때 갑자기 밀드레드가 작은 손을 들어 한곳을 가리키며 외쳤다. "저기 철교가 있어요." 그걸 건너는 것만은 피하고 싶은 우리 마음을 아는지 모르는지 날은 점점 어두워지고 누가 봐도 그 길이 집으로 가는 지름길인 것만은 분명했다. 발끝으로 살짝살짝 디뎌가며 건너야 했는데 그렇게 무섭지는 않았다. 모두 무사히 거의 다 건넜을 즈음 멀리서 기관차의 칙칙폭폭 소리가 들려왔다.

"기차다!" 밀드레드가 소리쳤다. 우리는 머뭇거릴 새

도 없이 철로 밖으로 물러서서 난간에 매달린 채 머리 위로 기차가 지나가기를 기다려야 했다. 증기기관이 뿜어내는 뜨거운 김이 확 얼굴에 끼치자 연기와 재에 숨이 막힐 것만 같았다. 기차가 덜커덕거리며 지나가자 철교가 좌우로 흔들렸다. 이러다 저 아래로 떨어지는 건 아닐까 더럭 겁이 났다. 이렇게 엄청난 난관을 극복하고 우리는 다시 길을 찾았다. 집에 도착했을 때는 이미 사방이 어두워진 뒤였다. 집에는 사람이 아무도 없었다. 식구들은 모두 우리를 찾아 나섰던 것이다.

12

.... 보스턴을 처음 방문한 이래 나는 거의 해마다 북부에서 겨울을 났다. 한 번은 꽁꽁 얼어붙은 호수와 온통 눈으로 뒤덮인 드넓은 들판이 있는 뉴잉글랜드 마을을 찾았다. 그때까지 한 번도 설국, 그 신비한 세계를 경험한 적이 없었다.

눈송이가 닿은 크고 작은 나무들마다 듬성듬성 주름진 잎사귀만 몇 남긴 채 발가벗고 선 걸 발견했을 때 얼마나 놀랐던가. 새들도 날아가버린 빈 둥지, 벌거벗은 나무는 온통 흰 눈으로 덮여 있었다. 산에도 들에도 겨

울이 찾아온 것이다. 차가운 손길이 지나간 대지마다 감
각을 잃고 나무의 원기마저 뿌리까지 마비되어 어둠에
움츠러든 몸뚱이는 잠에 빠져 있었다. 모든 생명이 꺼져
가는 것처럼 보였다. 심지어 해가 중천에 떠오르고 낮이
되어도.

....

잔뜩 움츠린 몸 펼 기미 보이지 않고 싸늘하며

아무 기력도 없는 늙은이라도 된 양

가까스로 비틀비틀 일어나

흐릿한 눈길로 대지를

그리고 바다를 향한다.

....

말라죽은 풀과 관목은 고드름 숲으로 변해버렸다.

살을 에는 바람과 눈보라가 몰아칠 거라는 예보가 나
온 어느 날, 우리는 밖에 나가 마침 떨어지기 시작하는
눈송이를 손에 받았다. 한 시간 또 한 시간 저 높은 허공
어디에선가 소리도 없이 부드럽게 눈송이는 나리고 땅

위에 떨어진 눈은 점점 쌓여 높낮이를 알 수 없는 눈 세상을 만들었다. 밤새 내린 눈 때문에 아침이 되어도 무엇이 어디에 있는지 통 분간할 수 없었다. 길이란 길은 죄다 눈 속에 파묻히고 이곳이 어디인지를 알리는 표지판 하나도 보이지 않는, 다만 나무에서 떨어진 눈만이 제 키를 계속 키울 뿐이었다.

저녁에는 북동쪽으로부터 세찬 바람이 불어와 눈송이가 여기저기서 심한 난투극을 벌였다. 바깥세상과는 통신이 완전히 두절된 상태였지만 우리는 난로 주위에 둘러앉아 두런두런 재미있는 이야기에 장난치고 떠드느라 외딴 섬에 갇힌 것과도 같은 우리 처지를 까맣게 잊었다. 그러나 밤새 바람은 그 기세가 한층 맹렬해졌고 막연한 공포심에 절로 몸이 떨렸다. 서까래가 삐걱거리며 죄어들고 집 주변 나뭇가지들이 창문을 두들기며 우당탕탕 소리를 냈다. 바람은 이 나라에 폭동을 일으킨 침입자였다.

사흘째 되던 날 드디어 눈보라가 그쳤다. 구름을 뚫고 해가 나와 새하얗게 물결치는 광대한 벌판을 비췄다. 구릉이며 깎아지른 둔덕이며, 세상은 눈 덕분에 멋진 형태를 갖추었고 날린 눈밭은 천지사방에 흩어져 쌓였다.

눈 더미를 밀어내고 겨우 다닐 만한 좁은 길이 트이자 나는 망토를 걸치고 모자를 쓴 뒤 밖으로 나왔다. 찬 공기가 볼에 닿으니 불에 닿은 듯 뜨거웠다. 반쯤 트인 길을 걸어 아직 치우지 않은 눈 더미를 헤치며 마침내 너른 목초지 초입의 소나무 숲에 다다랐다. 미동 하나 없이 서 있는 나무들은 마치 새하얀 대리석 조각 같았다. 어디에서도 솔잎 향이 맡아지지 않았다. 햇살이 나무를 비추자 잔가지들이 다이아몬드처럼 빛났고 손으로 살짝 건드리자 소나기처럼 떨어졌다. 어쩌나 눈부신지 내 눈을 덮은 어둠의 베일 정도는 뚫고도 남을 것만 같았다.

날이 갈수록 눈 더미는 줄어들었으나 다 없어지기도 전에 또다시 눈보라가 몰아치는 바람에 겨우내 맨땅을 밟을 기회를 갖지 못했다. 이따금 쌓인 눈을 털고 골풀이며 덤불이 제 모습을 드러낼 때가 있었지만 연못은 꽁꽁 언 채로 태양이 온종일 내리쬐어도 녹을 기미조차 보이지 않았다.

겨우내 가장 즐거웠던 놀이라면 단연 썰매타기였다.

호숫가 여기저기 물가에서부터 불쑥 솟아오른 곳이 있었다. 이 경사면이야말로 썰매타기에 안성맞춤이었다. 썰매에 앉으면 남자아이들이 뒤에서 밀어주곤 했는데 눈 더미로 뛰어들기, 우묵한 구멍 뛰어넘기, 호수로 급강하하기 등 내달리는 맛이 그만이었다. 그런가 하면 꽁꽁 얼어붙어 반짝반짝 빛나는 호수 위를 내달려 반대편 기슭에 가닿을 만큼 힘차게 밀려나갈 때도 있었다. 미친 짓이 그토록 삶에 활력을 줄 수도 있다니, 얼마나 즐거웠는지 모른다. 우리를 대지에 얽어맨 사슬을 끊고 날아오르는 이 야성적인 즐거움의 순간을 위해 우리는 자신을 신성한 존재로 느끼게 해주는 바람과 손을 잡았다.

13

·············· 1890년 봄 나는 비로소 말하기를 배우기 시작했다.

늘 소리 내어 말을 하고 싶었다. 어찌나 말이 하고 싶었던지 자주 한 손으론 입술의 움직임을 읽으면서 다른 한 손은 목에 댄 채 소리를 만들어내곤 했다. 소리를 낸다는 게 좋았다. 어떤 소리든 상관없었다. 나는 고양이가 가르랑거리는 것이나 개가 멍멍 짖는 걸 느끼기를 좋아했다. 또한 노래 부르는 사람의 목에 손을 갖다대거나 누군가 연주하는 피아노 위에 손을 올려놓기를 좋아했다.

시력과 청력을 잃기 전, 그러니까 앓기 전만 해도 나는 말 배우는 것이 빠른 아이였다. 그러나 병을 앓고 난 후 들을 수 없게 되자 말하는 것도 거기서 멈추고 말았다. 나는 하루 종일 엄마 무릎에 앉아 엄마의 입술이 움직이는 것을 더듬어 알아내는 것이 재미있었다. 그러곤 엄마 입술이 움직이는 대로 따라 움직이며 흉내를 냈다. 친구들이 해준 이야기에 따르면 나는 웃거나 우는 데에는 별 문제가 없었다고 한다. 그뿐 아니라 제법 음절이라고 할 수도 있는 소리를 많이 만들어냈단다. 물론 그것으로 의사소통을 할 수는 없었고 단지 내 발성기관이 녹슬지 않도록 하는 정도에 불과했다. 그렇지만 한 낱말, 내가 아직도 그 뜻을 기억하는 '물'이라는 단어만은 그렇지 않았다. 나는 '무-무'라고 발음했다. 그러나 그것 또한 설리번 선생님이 오셔서 나를 가르치게 될 무렵에는 점점 희미해져가고 있었다. 게다가 손가락으로 낱말을 쓸 수 있게 되고부터는 이런 소리조차 내지 않게 되었다.

나는 진작부터 주위 사람들이 나와는 다른 방식으로 의사소통한다는 걸 알고 있었다. 그뿐 아니라 듣지 못하는 아이도 말하기를 배울 수 있다는 걸 알기 훨씬 전부터 나는 내 의사소통 방식이 불만스러웠다. 전적으로 수화 알파벳에만 의지할 수밖에 없는 사람은 항상 그 제한된 한계 속에서 갑갑증에 시달린다. 이런 느낌 때문에 항상 뭔가 더 채워져야 할 것 같은 결핍에 사로잡혀 스스로를 들볶는다. 어떤 생각이 떠오르면 종종 나는 맞바람 앞에 선 새처럼 몸을 떨며 입술과 목소리를 쓰겠다고 고집을 부렸다. 친구들이 나서서 결국은 안 될 일이라며, 낙담할 게 뻔하다며 말을 배우고 싶어하는 나를 달랬다. 그러나 나는 고집을 꺾지 않았다. 마침내 이 엄청난 장애물이 산산이 부서지고 말 사건이 닥쳐왔다. 랑힐 코타의 이야기를 들은 것이다.

1890년 로라 브리지먼의 선생 가운데 한 분이었던 램슨 부인이 노르웨이와 스웨덴 여행을 마치고 돌아온 지 얼마 되지 않아 나를 만나러 왔다. 그러곤 내게 보지도 듣지도 못하는 노르웨이 소녀가 말하는 법을 배운 이야기를 들려주었다. 그 소녀의 이름이 랑힐 코타였다. 램슨 부인이 코타의 성공 스토리를 미처 다 들려주기도 전에 내 열정은 한없이 불타올랐고 나도 어떻게든 말하는 법을 배우리라 굳게 결심했다. 내게 충고와 도움을 줄 수 있는 사람은 호레이스만학교의 사라 풀러 교장 선생님이었다. 나는 당장 그분에게 데려다달라고 설리번 선생님을 졸랐다. 인자하고 애정이 넘치는 풀러 교장은 직접 나를 가르치겠노라 했다. 그리하여 나는 1890년 3월 26일, 드디어 말하는 법을 배우기 시작했다.

풀러 교장이 가르친 방법은 대강 이러했다. 선생님은 내게 자기 얼굴을 가볍게 쓸어보라고 했다. 그러면서 선생님이 소리를 낼 때 혀와 입술이 어떤 위치에 있는지 알아내라는 것이었다. 나는 모든 동작을 흉내 내느라 있는 힘을 다 쏟았고 한 시간 만에 M, P, A, S, T, I, 여섯 종류의 소리를 익혔다. 풀러 교장은 총 열한 차례의 수업을 해주었다. 처음으로 "오늘은 따뜻하다"라는 연속된 문장을 소리 냈을 때의 놀라움과 기쁨을 결코 잊을 수 없다. 사실 그것들은 토막토막 잘리고 게다가 더듬거리기까지 하는 음절이었다. 그러나 인간의 언어임에는 틀림없었다. 이것만으로도 속박을 벗어난 내 영혼은 새로운 힘을 얻어 바야흐로 이제 이 어눌하기 짝이 없는 언어를 통해 모든 지식과 신조에 다가설 수 있기를 학수고대했다.

한 번도 들어본 적 없는 말을 해보겠다고 온 힘을 기

울이는 귀머거리 아이라면 처음으로 자신의 발성기관을 울려 말이란 것을 하게 되었을 때의 놀라움과 기쁨을 결코 잊을 수 없을 것이다. 사랑이 담긴 음성도, 지저귀는 새소리도, 고요를 밀어내듯 울려 퍼지는 선율도, 소리란 것이 도무지 존재하지 않는 침묵의 감옥으로부터 벗어나기 위해 아이는 최선을 다할 것이기에. 그런 아이라면 나를 이해할 것이다. 장난감이며 돌, 나무, 새, 말 못하는 온갖 짐승들에게 지껄여대는 내 심정을 말이다. 내가 부르는 소리에 동생 밀드레드가 달려오고, 내 명령한 마디에 개들이 복종한다. 그걸 보고 내가 얼마나 기뻤을지, 그런 아이가 아니라면 누가 상상이나 할 수 있겠는가. 누군가 나를 대신해서 말해주지 않아도 내 입에서 뱉어낸 말이 다른 이에게 전해지다니, 이는 내게 말로 다할 수 없는 은혜였다. 입 벌려 말을 할 때면 공연히 손가락에 담기느라 애를 쓰던 행복한 생각들이 낱말들에 담겨 날개를 퍼덕이며 날아오르는 것만 같았다.

혹 내가 이 짧은 시간에 정말로 말다운 말을 하게 되었으리라고 여긴다면 그건 아니다. 나는 단지 말하는 요령 몇 가지를 터득한 것뿐이었다. 풀러 교장과 설리번 선생님은 내가 하는 말을 이해했다. 그렇지만 대개의 사람들은 100개 단어 중 하나를 알아들을까 말까 했다. 뿐만 아니라 내가 열한 차례의 수업을 통해 습득한 요령만 가지고 나머지는 혼자 힘으로 헤쳐 나갔을 것이라 생각한다면 그 또한 사실이 아니다. 설리번 선생님의 천재적 자질과 끊임없는 인내 그리고 헌신이 없었던들 자연스럽게 말하고 싶다는 내 소망은 아무런 진척이 없었을 것이다.

물론 나 자신도 밤낮으로 연습을 게을리 하지 않았다. 가장 친한 친구들조차 내가 하는 말을 알아듣지 못하는 상황이었으니 내가 얼마나 노력을 했겠는가. 그런 내 노력에 더해 한 음절 한 음절 선명하게 들리도록 또렷하게 발음해보게 하고 수천 가지 방법으로 모든 소리를 조합해보는 설리번 선생님의 지도가 꾸준히 이어졌다. 선생님은 지금도 내 발음이 이상하면 즉시 고쳐주곤 한다.

듣지 못하는 아이를 지도하는 선생님이라면 누구나 겪게 되는 독특한 어려움이라고밖엔 표현할 길 없는 곤란한 문제들이 있다. 나는 선생님의 말을 이해하기 위해 선생님의 목이 어떻게 떨리는지, 입술이 어떻게 움직이는지, 얼굴 표정이 어떤지를 읽어야만 한다. 그런데 내가 그걸 위해 사용할 수 있는 감각은 단지 촉각밖에 없는 데다 그 방법에는 실수가 잦다. 그때마다 나는 단어가 됐든 문장이 됐든 다시 말하기를 반복하며 때론 몇 시간이고 내 목소리가 정확하게 울려나올 때까지 계속 되풀이한다. 연습에 연습을 거듭하는 것, 그것이야말로 내가 하는 일이다. 그러다 보니 자주 실망하고 금세 지쳤다. 그러나 다음 순간 이제 곧 집에 돌아가면 사랑하는 사람들 앞에서 내가 이룬 놀라운 성과를 보여줄 수 있으리란 생각이 떠오르고 그것이 다시금 연습에 박차를 가하게 했다. 나는 정말이지 내 성취를 보고 기뻐할 가족들의 모습을 쉬지 않고 그렸다.

"동생이 내가 하는 말을 이해할 수 있게 되리라." 이 생각 하나만으로도 모든 장애를 이겨낼 수 있었다. "나는 이제 벙어리가 아니다." 수없이 이 말을 되뇌었다. 엄마에게 말을 건넨 다음 엄마의 입술을 더듬어 대답을 읽는, 서로 이야기를 주고받는 모습을 고대하는 동안은 낙담이 들어설 여지라곤 없었다. 손가락으로 일일이 철자를 적는 것보다 말하는 것이 얼마나 쉬운지 알고 깜짝 놀랐다. 나는 더는 의사소통을 위해 수화 알파벳을 사용하지 않았다. 그러나 선생님과 친구들은 여전히 수화 알파벳을 사용해서 내게 말을 건넸다. 입술을 읽는 것(독순법)보다 그 편이 훨씬 빠르고 편리했기 때문이다.

여기서 잠시 수화 알파벳이라는 게 도대체 뭔지 설명하고 넘어가야 할 듯싶다. 아무래도 그렇게 해야 지금쯤 어리둥절하고 있을 일반 독자들의 이해를 도울 수 있을 것이다. 내게 책을 읽어주거나 말을 하려면 손가락으로 철자를 만들 수 있어야 한다. 한 손 수화 알파벳이라고 불리는 청각장애인을 위한 문자가 있다. 말하는 사람의 손 위에 내 손을 갖다댄다. 이때 말하는 사람이 손가락을 움직이는 걸 방해하지 않을 정도로 가볍게 놓는 것이 요령이다. 보는 것만큼이나 쉽게 손가락 글자를 느낄 수 있다. 책을 읽을 때 한 글자 한 글자 따로따로 보지 않는 것처럼 나 역시 각각의 알파벳을 하나하나 별도로 느끼지 않는다. 꾸준히 연습하면 손가락들을 상당히 자유자재로 움직일 수 있으므로 내 친구들 중 몇몇은 마치 숙련된 타이프라이터가 타자를 치는 것처럼 빨리 철자를 만든다. 흔히 쓰는 말인 경우는 쓰는 즉시 이해할 수 있을 정도다.

말을 할 수 있게 되자 나는 하루라도 빨리 집에 가고 싶어 견딜 수가 없었다. 마침내 그토록 그리던 행복한 순간이 다가왔다. 선생님과 나는 집으로 향하는 길 내내 단순히 말을 하고 싶어서가 아니라 마지막 순간까지도 더 나은 발음을 선보이겠다는 욕심에 끊임없이 이야기를 주고받았다. 얼마나 열심이었는지 기차가 터스컴비아에 도착한 줄도 모를 정도였다. 온 가족이 마중 나와 있었다. 어머니는 내가 한 음절 한 음절 소리를 발할 때마다 기쁨에 떨며 아무 말도 못한 채 나를 꼭 끌어당겼고, 동생 밀드레드는 내 손을 찾아 쥐고는 손에 입을 맞추고 춤을 췄으며, 아버지는 예의 그 말없는 침묵으로 자랑스러움과 만족을 표현했다. 바야흐로 이사야의 예언이 내게 이루어진 것이다. "네 앞에서 온 산과 언덕이 별안간 소리 내어 노래할 것이며 온 들의 모든 나무가 손뼉치리라."*

14

············· 1892년 겨울 아무 걱정 없이 마냥 밝기만 하던 어린 시절에 먹구름이 몰려오기 시작했다. 기쁨은 사라지고 오래도록 의심과 불안, 공포 속에서 살았다. 책도 읽고 싶지 않았다. 지금도 그 무서운 날들을 생각하면 마음이 오그라드는 것만 같다. 퍼킨스학교 교장인 애너그노스 선생님에게 내가 써보낸 「얼음나라 임금님」이란 짧은 이야기가 사건의 발단이었다. 문제를 명확히 하기 위해 이 일과 연관된 사실들을 낱낱이 적을 생각이다. 이것은 또한 이 일에 연루된 선생님과 내가 떳떳해

질 수 있는 길이기도 하다.

　내가 이 작품을 쓴 때는 말하는 법을 배우고 집으로 돌아온 그해 가을이었다. 우리 가족은 다른 해보다 더 늦게까지 여름별장인 양치 채석장에 머물렀다. 어느 날 선생님이 내게 철 지난 가을 잎의 아름다움을 말해주었는데 그 묘사를 들으면서 언젠가 읽은 적이 있는, 그러나 딱히 의식하지 않고 받아들인 어떤 이야기를 떠올린 것 같다. 당시 나는 아이들이 대개 그렇듯 내가 "이야기를 지어낸" 것으로 생각했고, 혹 떠오른 생각을 놓치지 않으려고 바로 앉아서 열심히 써내려갔다. 이야기는 술술 흘러나왔고 나는 글 쓰는 재미에 흠뻑 빠졌다. 낱말과 이미지가 손가락이 끝나는 지점으로 경쾌하게 걸어나왔고 문장이 꼬리에 꼬리를 물고 이어졌다. 나는 브라유 점자판에 그것들을 옮기기만 하면 되었다. 지금 생각하면 이렇듯 애쓰지 않고도 술술 낱말이며 이미지가 꼬리에 꼬리를 물고 흘러나왔다는 것이야말로 분명 이것들이 내 안에서 우러나온 게 아니라는 신호였다. 어디선가 길을 잃고 헤매다 어쩌다가 내게 흘러들어온 탈선한 생각들임에 분명했다.

당시는 내가 특별한 독서 지도를 받지 못한 채 아무 책이나 닥치는 대로 읽을 때였다. 게다가 지금도 나는 내 머릿속에 떠오르는 생각들 중 어디까지가 본래 나에게서 나온 고유한 생각이고 어디서부터가 책에서 읽은 내용인지 명확히 구분하기 어렵다. 어디 그뿐인가. 나에게 각인된 인상이라는 것이 죄 다른 사람의 눈과 귀를 통해 들어온 것들이 아니던가.

작품을 다 쓴 다음 선생님에게 읽어드렸다. 지금도 나는 아름다운 구절들 속에서 느꼈던 즐거움이며 낱말 본래의 발음을 내는 데 방해가 되던 내 골칫거리 발성법과 그걸 선생님이 교정해주던 것을 생생하게 떠올릴 수 있다. 저녁식사 때 나는 가족들이 모인 자리에서 내 작품을 읽어주었다. 모두 잘 썼다고들 칭찬해주었다. 그때 누군가 내게 책에서 읽은 거 아니냐고 물었다.

나는 이 질문을 받고 무척 놀랐다. 왜냐하면 책에서 읽은 기억이 털끝만큼도 나지 않았기 때문이다. 나는 소리 높여 말했다. "아니요, 이건 내 작품인걸요. 애너그노스 씨를 위해 내가 쓴 거라고요."

나는 이 작품을 다시 베껴 써서 애너그노스 씨에게

생일 선물로 보냈다. 내가 붙인 제목은 '가을의 단풍'이었으나 '얼음나라 임금님'이 더 좋겠다고 하기에 제목도 바꾸었다. 우체국에 가서 부치는 일도 내가 직접 했다. 하늘 위를 걷는 듯 붕 뜬 상태였다. 이 생일 선물 때문에 내가 치러야 할 고통이 얼마나 클지 그때는 전혀 알지 못했던 것이다.

내가 보낸 「얼음나라 임금님」이 마음에 쏙 든 애너그노스 씨는 이 작품을 퍼킨스학교에서 발간하는 교지에 실었다. 이 일로 나는 행복의 절정을 맛보았다. 이제 추락할 일만 남은 셈이었다. 보스턴에 잠시 머무는 동안 내가 쓴 「얼음나라 임금님」이 마거릿 캔비의 『버디와 그의 친구들』이라는 책에 들어 있는 「얼음나라 요정들」 이야기와 유사하다는 말이 나왔다. 내가 태어나기도 전에 나온 책이었다. 두 이야기에 사용된 어휘며 발상이 너무나 똑같아서 누군가 내게 캔비의 글을 읽어준 게 분명하다는 것이었다. 결국 내가 표절했다는 말이었다. 나로서는 이해하기 힘든 일이었으나 알면 알수록 당황스럽고 고통스럽기 그지없었다. 대체 나 말고 이런 고통을 맛본 다른 아이가 세상에 하나라도 있을까. 나는 나 자신을 용서할 수 없었다. 내가 가장 사랑한 사람들로부터 의심을 받고 있었던 것이다. 도대체 어떻게 이런 일이 일어났을까? 얼음나라와 관련한 무엇이라도 좋으니 「얼음나라 임금님」을 쓰기 전에 내가 읽었던 것들로부터 작은 것 하나라도 기억해내려 했으나 누구나 다 아는 옛날이야기의 '동장군 잭'과 「얼음 장난」이라는 동시 말고는 없었다. 물론 이것들은 내 글쓰기와는 무관한 것이었다.

처음에는 애너그노스 씨도 몹시 괴로워하면서도 나를 믿어주는 것 같았다. 그는 유난히 내게 친절하게 잘해주었다. 잠시 동안이지만 서광이 비치는 듯했다. 그토록 가슴 아픈 소식을 접했음에도 나는 그를 걱정시키지 않으려고 애써 명랑한 표정을 지으며, 곧 있을 워싱턴 탄생 기념일을 위해 가능한 한 예쁘게 단장해야 했다.

나는 앞 못 보는 소녀들이 하는 가면극에서 케레스* 역할을 맡았다. 내가 입었던 우아한 의상이며 머리에 썼던 밝은 빛깔의 낙엽 화관, 그리고 발밑이며 손 안에 쥔

＊　로마 신화에 나오는 대지의 여신.

풍성한 오곡백과를 상세히 기억한다. 그러나 쾌활한 가면 뒤에서는 중압감이 심장을 무겁게 짓눌렀다.

기념식 전날 밤 퍼킨스학교 선생님 중 한 분이 「얼음나라 임금님」과 관련해서 내게 질문을 했다. 나는 설리번 선생님이 언젠가 동장군 잭에 관해 들려주신 적이 있노라고, 잭이 얼마나 놀라운 일을 해냈는지 알고 있노라고 대답했다. 그 선생님은 내가 한 말을 캔비의 「얼음나라 요정들」을 기억하고 있었다는 자백으로 간주했다. 그녀가 잘못 알아들은 것이라고 내가 그토록 강력하게 항의했음에도 불구하고 선생님은 자신의 주장을 꺾지 않았고 내 자백을 고스란히 애너그노스 씨에게 전했다.

나를 너무도 아끼고 끔찍이 잘해주었던 애너그노스 씨도 결국은 자기가 속은 거라고 생각하고서는 변함없는 사랑과 무죄를 주장하는 내 말에는 아예 귀를 닫아버렸다. 그는 설리번 선생님과 내가 자기에게서 찬탄과 존경을 얻어낼 마음을 품고 다른 사람의 빛나는 생각을 훔쳐와 연극을 꾸민 것이라고 믿었다. 아니, 적어도 그렇게 의심했다. 선생님과 나는 이번 사건을 조사하기 위해 열린 청문회—퍼킨스학교 임직원들로 구성된 조사위원회―에 불려나갔다. 선생님은 나와 떨어져 앉은 채 따로 조사를 받았다. 일부 위원들은 내가 「얼음나라 요정들」을 읽었던 것을 기억한다고 시인하게 만들 의도로 부러 엇갈린 질문들을 던지는 것으로 보였다. 이들이 하는 질문은 하나같이 나를 의심하는 것이었으며, 내가 사랑하던 사람들이 말로 표현할 수는 없지만 지금 나를 비난하는 눈초리로 바라보고 있음을 나는 느꼈다. 피가 몰리고 심장이 마구 뛰어대는 통에 나는 겨우 '예, 아니요'라는 답밖에 할 수 없었다. 엄청난 실수를 저지르고 말았다는 생각이 들자 고통은 조금도 사그라지지 않았다. 마침내 나가도 좋다는 허락이 떨어졌다. 방에서 나온 나는 극도로 혼란스러운 상태여서 선생님이 꼭 안아주는 것도 친구들이 따뜻한 위로의 말을 건네는 것도 전혀 깨닫지 못할 지경이었다. 누군가 그런 내게 용감한 어린 친구가 자랑스럽다고 말해주었다.

그날 밤 자리에 누워 아이들도 그렇게 울 수 있을까 싶으리만치 서럽게 울었다. 너무나도 추워서 아침이 오기 전에 죽을지도 모른다는 생각이 들었고, 그렇게 생각하자 더없이 편안해졌다. 이번 사건이 나이를 먹을 만큼

먹었을 때 일어났다면 내 영혼은 아마도 결코 회복될 수 없었을 것이다. 그러나 다행스럽게도 망각의 천사가 찾아와 그 슬픈 날들의 모든 아픔과 슬픔을 죄 쓸어 가지고 가버렸다.

설리번 선생님은「얼음나라 요정들」에 대해 들어본 적이 없을 뿐만 아니라 어떤 책에 실린 것인지도 몰랐다. 그런 까닭에 선생님은 알렉산더 그레이엄 벨 박사의 도움을 받아 이 사건을 면밀히 검토했는데, 1888년 브루스터에서 함께 여름을 보냈던 소피아 홉킨스 부인이 캔비가 쓴『버디와 그의 친구들』이라는 책을 갖고 있었다는 것을 알게 되었다. 부인은 그 책을 찾아내지는 못했지만 그해 여름 설리번 선생님이 휴가를 얻어 잠시 여행을 떠난 사이 혼자 남은 나를 즐겁게 해주려고 이런저런 책을 읽어줬다는 것은 기억했다. 그러나 부인 역시「얼음나라 요정들」이라는 이야기를 내게 읽어주었는지는 나보다도 더 기억하는 게 없었다. 다만 그 책들 가운데『버디와 그의 친구들』이 있었다고 했다. 그럼에도 문제의 책은 끝내 찾을 수 없었다. 그녀가 집을 팔면서 학교 다닐 때 쓰던 낡은 교과서와 동화 같은 어린이 책을 급하게 처분해버렸기 때문이다. 아마도 그 가운데 문제의 그 책도 들어 있었으리라는 게 홉킨스 부인의 설명이었다.

홉킨스 부인이 읽어준 이야기들 가운데 내게 인상적인 것이 있었던 것 같지는 않다. 그렇지만 생각해보라. 스스로 위안거리를 찾아 즐길 수 없는 어린아이에게 낯선 낱말들 하나하나가 주었을 즐거움을 말이다. 그것이 단지 철자에 불과하다 해도. 사실 나는 홉킨스 부인이 그 이야기를 읽어주던 때의 정황에 대해서는 기억나는 게 하나도 없다. 그러나 당시 내가 어떤 낱말이든 새로 익혔다면 선생님이 돌아오셨을 때 들려주려고 그 낱말들을 모두 외우려고 애썼으리라 생각한다. 그러므로 한 가지 분명한 것은 내 뇌에 아로새겨진 어휘들이 오랜 시간이 지나도록 지워지지 않고 남아 있었을 수도 있다는 점이다. 물론 누구도 확인할 길 없지만.

설리번 선생님이 돌아왔을 때 내가 바로 「얼음나라 요정들」 이야기를 꺼내지 않은 건 아마도 선생님이 오자마자 읽어주기 시작한 『소공자』에 푹 빠져버렸기 때문일 것이다. 그러나 캔비의 그 책을 누군가 내게 읽어준 적이 있었던 것만큼은 분명하다. 내가 그것을 잊어버린 후로 오랜 시간이 흘렀고 너무나도 자연스럽게, 추호도 다른 사람의 마음에서 우러나온 이야기라는 생각을 하지 못한 채, 기억 저편에서부터 떠올랐던 것이다.

이 사건으로 괴로워하고 있을 때 나는 여러 사람으로부터 사랑과 동정이 넘쳐나는 편지를 받았다. 단 한 사람을 제외하고 내가 사랑한 친구들 모두 한결같이 내 곁에 남아주었다.

캔비 여사마저 친절하게 편지를 보내주었다. "언젠가 당신이 혼자 힘으로 훌륭한 이야기를 만들어내리라 생각합니다. 그 이야기를 읽을 많은 이들이 위안을 받고 도움을 얻겠지요." 그러나 그녀의 이 축복 어린 예언은 아직까지 이루어지지 않았다. 사실 이 일이 있은 후로 나는 글 쓰는 즐거움을 잃어버렸다. 어쩌면 이 글도 내 머릿속에서 나온 것이 아닐지 모른다는 의심이 들기 시작하면 걷잡을 수 없이 괴롭다. 오랫동안 편지 하나를 쓰려 해도, 심지어 어머니에게 쓸 때조차 내가 지금 어디선가 읽은 이야기를 또 주절거리고 있는 게 아닌가 싶어 공포에 가까운 두려움에 사로잡혀 방금 쓴 문장을 읽고 또 읽었다. 설리번 선생님의 쉼 없는 격려가 아니었다면 이 글 또한 중도에 포기하고 말았을 것이다.

「얼음나라 요정들」을 읽고 내가 편지에다가도 캔비 여사의 생각을 빌려 썼다는 것을 깨달았다. 그런 것들 가운데 하나를 발견했는데, 1891년 9월 29일자 편지로 애너그노스 씨에게 보낸 것이었다. 정확히 일치하는 낱말과 문장들이 눈에 띄었다. 「얼음나라 임금님」을 쓴 것도 그때였고 이 편지뿐 아니라 다른 많은 곳에서도 내가 이 이야기에 푹 빠져 있음을 보여주는 구절들이 등장했다. 그러고 보니 선생님이 내게 노랗게 물든 가을 나뭇잎을 말해줄 때 나는 캔비 여사의 글에서 따온 말로 멋지게 화답까지 했던 것이다. "네, 여름이 가버린 자리를 다 채우고도 남을 만큼 아름답네요."

너무나 좋았던 것에 완전히 동화되어 마치 내 것인 양 표현하는 버릇은 글쓰기를 배우던 초창기의 여러 글 속에서도 많이 보인다. 그리스와 이탈리아의 옛 도시들에 관해 작문을 할 때도 출처를 기억하지 못하지만 여러 책에서 읽은 적이 있는 뛰어난 서술과 다양한 표현을 빌려 쓰곤 했다. 게다가 나는 이탈리아나 그리스와 관련해서 애너그노스 씨가 옛것을 향해 품고 있는 각별한 애정과 그의 심미안에 대해서 익히 알고 있었다. 그래서 나는 지금까지 읽은 책 속에서 그가 좋아할 만한 역사와 시 등을 끌어들여 글을 지었다. 애너그노스 씨는 고대 도시에 관해 쓴 내 작문을 읽고서 다음과 같이 평했다. "어쩜 이렇게 하나같이 시적일 수가 있는지. 아무렴 그렇고말고."

도대체 나는 이해할 수가 없다. 그는 어떻게 보지도 듣지도 못하는 열한 살짜리 어린아이가 오로지 자기 생각만 가지고 글을 썼으리라고 생각할 수 있단 말인가. 나는 또한 온전히 내 생각이 아니라고 해서 내 짧은 글이 보잘것없다고 생각하지도 않는다. 적어도 나는 명징할 뿐만 아니라 생명이 깃든 언어에 담긴 아름답고 시적인 생각을 읽고 또 이를 받아들여 내 능력의 범위 안에서 그것을 말로 표현할 수 있다는 것을 보여준 셈이 아닌가.

대체로 처음 쓰기 시작한 글은 정신으로 하는 체조와 같은 것이다. 배움의 과정이 으레 그렇듯이 경험이 없는 어린아이가 자기 생각을 말로 표현하려면 동화同化와 모방에 의존하게 마련이다. 책을 통해 만나는 모든 것들이 나를 기쁘게 할 뿐만 아니라 의식하든 못하든 자연스럽게 기억 속에 저장되고 내 것으로 녹아든다. 스티븐슨도 말하지 않았던가. "젊은 작가는 훌륭한 것을 보고 지나치는 법이 없으며 거의 반사적이라 할 만큼 이를 모방하고 또 이를 다재다능하게 변화시킨다." 위대한 작가라 할지라도 무수히 쏟아져 들어오는 엄청난 어휘 군단을 정렬하는 법을 배우지 않는다면, 그것도 여러 해 반복적으로 훈련하지 않는다면 어찌 적절한 때에 꼭 필요한 말을 꺼내 쓸 수 있겠는가.

나 역시도 아직 이 과정을 마쳤다고는 할 수 없을 것 같다. 내 고유한 생각과 어디선가 읽은, 그러므로 출처가 분명한 생각을 잘 구별해내지 못한다. 그도 그럴 것이 내가 읽은 것이 이미 내 정신 안에서 산산이 쪼개지고 다시 꿰맞춰져 어떤 생각에선 토대를 이루고 어떤 생각에선 기둥을 이루는 재료로 쓰이고 있음을 보게 된다. 결과적으로 내가 쓴 모든 글이 거의 다 그렇다고 봐야 하지 않겠는가.

처음 바느질을 배울 때였다. 내가 만든 조각보는 그야말로 어느 미치광이가 만든 작품인가 싶을 정도였다. 조각보는 말 그대로 가지각색 천 조각들을 이어 붙여 만드는 것이다. 실크나 벨벳같이 결이 고운 천 조각도 분명 썼건만 늘 두드러지게 만져지는 건 거친 천 조각이었다. 마찬가지로 내가 쓴 글에서도 조잡하고 거친 날것 그대로의 내 생각 위에 언젠가 읽은 작가들의 뛰어나고 무르익은 생각들이 아로새겨져 있을 게 분명하다. 머릿속에선 감정과 생각이 뒤엉켜 혼란스러운데, 그걸 배운 사람답게 글로 옮기려고 하다 보니 문장을 쓸 때마다 어려움을 느끼는 게 사실이다. 흩어진 생각을 주워 모아 합리적이고 교양 있는 사람들이 쓰는 말로 고쳐 표현하려고 애쓰기 때문이라고 생각한다. 글을 쓰려고 애쓰는 것은 마치 직소퍼즐을 맞추려고 애쓰는 것과 같다. 우리는 마음속에 이런 걸 표현하고 싶다고 미리 그려놓은 게 있다. 그런데 막상 옮기려고 하면 마치 퍼즐 판의 크기와 그림에 딱 들어맞는 퍼즐 조각을 찾기 힘든 것처럼 내가 말하고자 하는 생각에 딱 들어맞는 낱말이 쉬 떠오르지 않는다. 그럼에도 우리는 딱 들어맞는 표현을 찾아 헤매곤 한다. 그건 이미 이 작업에 성공한 사람들을 알고 있기 때문이며, 우리 역시 조만간 그 대열에 합류하리라

기대하기에 실패를 받아들이고 싶지 않은 까닭이다.

스티븐슨은 말했다. "특별히 타고난 게 아니라면 결코 독창적일 수 없다." 그러므로 내가 독창적이지 않은 까닭에 나는 때때로 법조인들이 머리에 쓰는 가발처럼 인위적인 냄새가 짙게 밴 내 글이 더 나아지기를 소망한다. 그러다 보면 아마도 언젠가는 내 고유의 생각이 내 안에서 삭혀져 표면 위로 솟아나지 않겠는가 하고 말이다. 믿음과 기대를 안고 인내하는 중에도 나는 「얼음나라 임금님」의 쓰디쓴 기억을 잊으려고 애써 노력하지 않았다.

그래선지 이 슬픈 경험이 꼭 나빴던 것만은 아니다. 내게 긍정적인 영향도 미쳤다. 나로 하여금 글 쓰는 행위에 대해 곰곰이 생각하게 해주었던 것이다. 다만 무엇보다도 안타까운 것은 이 일로 절친한 친구였던 애너그노스 씨를 잃은 것이다.

「내가 살아온 이야기」라는 글이 『레이디스 홈 저널』에 실리자 애너그노스 씨는 메이시 씨에게 보내는 편지 형식으로 자기 의견을 발표했다. 그는 「얼음나라 임금님」 문제가 불거졌을 때 자신은 나의 무죄를 믿었으며 나를 소환한 조사위원회 법정은 시각장애인 넷과 정상인 넷으로 구성되었는데 그중 넷은 내가 캔비의 글을 이미 알고 있었던 것으로 보인다고 말했고 나머지 네 사람은 끝내 이들의 견해를 받아들이지 않았다고 했다. 결국 자기가 어느 편의 손을 들어줄 것인가만 남았을 때 자신은 헬렌에게 우호적인 사람들에게 표를 던졌다는 것이었다.

그러나 그가 자기에게 주어진 권한으로 어느 편을 지지했든 간에, 나는 나를 심문한 그 방이 그가 나를 무릎 위에 앉히고 애정을 표현하며 내 장난을 받아주던 곳이 맞는지 끊임없이 의심할 수밖에 없었다. 나는 그곳에서 나를 의심하는 사람들이 내게 보이는 적의와 위협을 읽었으며, 이어 일어난 일련의 사건들 또한 그런 분위기에서 받은 인상이 작용한 결과였다. 그 후 2년 동안 애너그노스 씨는 설리번 선생님과 나의 결백을 믿는 입장을 고수했다. 그런 그가 왜 우리에게 호의적이었던 판단을 전격적으로 철회했는지 나는 그 이유를 알지 못한다. 조사위원회에서 무엇을 어디까지 더 상세히 조사했는지도 알지 못한다. 나는 내게 질문을 했던 조사위원회 '법정'의 여덟 명 위원들의 이름조차 알지 못한다. 나는 너무

나 놀라고 흥분한 상태여서 무슨 일이 일어나고 있는지
도 몰랐고, 뭘 물어볼 엄두조차 내지 못했다. 그들이 내
게 물었던 게 무엇인지는 말할 것도 없고 내가 무슨 말
을 했는지도 기억하지 못했다.

「얼음나라 임금님」 사건을 이렇듯 적지 않은 지면을
할애하여 옮기는 이유는 이 사건이 나의 삶과 교육에서
중요한 의미를 지니고 있기 때문이다. 오해가 있어서는
안 되겠기에 나를 변호할 생각이나 다른 누군가를 비난
할 마음을 먹지 않고 내게 비친 그대로 사실을 하나하나
그대로 써나갔을 뿐임을 밝혀둔다.

15

············· 「얼음나라 임금님」 사건이 일어난 그해 여름과 겨울은 가족과 함께 앨라배마에서 보냈다. 집으로 돌아가는 길은 참 좋았다. 어디서나 생명이 움트고 있었다. 행복했다. 「얼음나라 임금님」도 잊었다.

대지는 온통 빨갛고 노란 단풍으로 뒤덮였다. 포도나무는 정원 저 끝자락에서도 맡을 수 있을 정도로 진한 향기를 내뿜으며 햇살을 받아 황금빛 띤 갈색으로 물들어가고 있었다. 나는 비로소 내 삶을 기록하기 시작했다. 「얼음나라 임금님」을 쓴 지 1년이 지난 시점이었다.

나는 아직도 뭘 쓰든 지나치다 싶으리만큼 조심했다. 내가 쓴 게 과연 전적으로 내게서 나온 나만의 것인가 하는 생각이 여전히 나를 괴롭혔다. 내가 이 같은 두려움에 시달리고 있다는 것을 아는 사람은 오직 선생님뿐이었다. 이 문제와 관련해선 극도로 예민해지는 까닭에 나는 애써 「얼음나라 임금님」에 관한 이야기는 꺼내지 않았다. 대화 도중 어떤 생각이 튀어나오기라도 하면 살며시 선생님 손에 썼다. "내 생각이라고 확신할 수 없는걸요."

그런가 하면 한 단락이 넘게 글을 써내려가다가 문득 혼잣말을 하는 때도 있었다. "이 모든 게 혹 오래전에 누군가 이미 써놓은 것이라면 어쩌나!" 작은 악마가 가져온 두려움이 내 손을 꽉 움켜쥐는 날이면 더는 아무것도 쓸 수가 없었다. 지금도 때로 이와 꼭 닮은 불안과 걱정에 사로잡히곤 한다. 선생님은 나름대로 생각해낼 수 있는 모든 방법을 써서 나를 도우려 했고 위로를 아끼지 않았다. 그러나 내가 겪은 그 끔찍한 사건은 평생 잊히지 않을 기억으로 남았고, 나는 이제야 그 중요성을 이해하기 시작하는 참이다.

선생님은 내가 자신감을 회복하길 원했다. 그런 이유로『유스 컴패니언』이라는 잡지에 내 생활을 그린 짧은 글을 써보라고 설득했다. 그때 나는 열두 살이었다. 당시 글을 쓰느라 고군분투하던 나를 돌아보면, 아무리 어렵더라도 잘 참고 해내면 앞으로 좋은 일이 있으리라 전망하는 꼬마 예언자가 보인다. 그렇지 않았던들 어찌 또 글이란 걸 쓸 수 있었겠는가 싶다.

나는 잔뜩 겁을 집어먹고 두려워 떨면서 그러나 결의에 차서 그리고 무엇보다도 중요한, 선생님의 지칠 줄 모르는 격려를 받아가며 글을 썼다. 선생님은 내가 이 시련에 굴하지 않고 잘 해내기만 하면 정신적으로도 확고한 입장을 갖게 될 뿐만 아니라 내 능력 또한 일취월장하리라 확신했다.「얼음나라 임금님」사건이 있기 전만 해도 나는 철부지 어린아이에 지나지 않았다. 그러나 이후로 생각이 내면으로 향하고 보이지 않는 것들에 이르기까지 깊이 생각하게 되었다. 시련 속에서 더욱 단단해진 정신과 인생의 참된 지식과 더불어「얼음나라 임금님」사건 이면의 어두움으로부터 나는 값진 교훈을 얻었다.

1893년 그해의 잊지 못할 행사는 클리블랜드 대통령의 취임식에 맞춰 워싱턴을 방문하고 나이아가라를 여행하고 국제박람회를 구경한 것이었다. 이렇게 생활하다 보니 공부를 지속하는 게 쉽지 않았을 뿐만 아니라 종종 몇 주가 그냥 지나가기도 했으므로 당시 내가 공부한 내용을 일목요연하게 정리하기란 아무래도 불가능하지 싶다.

1893년 3월 우리는 나이아가라에 갔다. 미국 쪽으로 튀어나온 폭포 꼭대기에 섰을 때의 느낌을 어떻게 표현해야 할지 모르겠다. 지축이 흔들리고 대기가 떨리는 것을 무엇에 비유할 수 있을까.

내가 나이아가라 폭포가 준 놀라움과 아름다움에 감동받았다고 하면 많은 사람들이 기이하게 여긴다. 그들은 묻곤 한다. "당신은 지금 대자연의 아름다움과 음악 운운하는데 대체 그 모두가 당신에게 무슨 의미란 말입니까? 솔직히 일렁이는 파도를 볼 수 있는 것도 아니고 으르렁거리는 포효를 들을 수 있는 것도 아니잖아요? 대체 당신이 무엇을 알 수 있다는 건가요?" 보았으면 또 들었으면 다 안 것인가, 다 설명한 것인가. 사랑이 무엇이며 종교란 무엇이고 또 선함이란 어떤 것인지 설명하는 것이 어려운 만큼이나 나이아가라, 이 대자연의 스스로 그러함을 설명하기 어려운 건 피차 마찬가지 아닐까.

1893년 그해 여름 설리번 선생님과 나는 알렉산더 그레이엄 벨 박사와 함께 국제박람회*를 구경했다. 유치하기 짝이 없는 수천 가지의 공상이 아름답게 구현된 그때를 생각하니 순수한 기쁨을 금할 길 없다. 날이면 날마다 세계를 여행하고 있다는 환상 속에 살았다. 지구 저편 먼 곳에서 온 진귀한 것들―놀라운 발명품들, 근면과 숙련된 기술이 만들어낸 보물들, 어디 그뿐인가, 사람이 살아가면서 할 수 있는 온갖 활동이 내 손가락 아래서 실제로 펼쳐지고 있었다.

나는 미드웨이 플레장스**가 좋았다. 마치 아라비안 나이트 같았다. 새롭고 신기한 물건들로 가득했던 것이다. 언젠가 책에서 읽은 인도가 바로 거기, 시바 신과 코

---

* 콜럼버스의 아메리카 대륙 발견 400주년을 기념하여 시카고에서 개최된 콜럼버스국제박람회. 번영하는 미국의 힘을 세계에 과시하기 위한 화려한 이벤트로 기획되었다.
** 시카고 국제박람회 때 유흥의 거리로 지어진 구조물.

끼리 신들이 놓인 이상야릇한 시장에 있는가 하면 이슬람 사원이 있었고 낙타들을 거느린 카라반이 길게 늘어선 피라미드의 나라 이집트 카이로의 축소판도 있었다. 그뿐이 아니었다. 전시관 끝에 물의 도시 베네치아가 있어서 우리는 매일 저녁 조명을 받아 휘황하게 빛나는 이 작은 도시에서 배를 탔다. 배에서 조금 떨어진 곳에 있는 해적선 뱃전에도 올라봤다. 해적선에 타고 있으려니 예전에 보스턴에서 타본 적 있는 옛 군함이 떠올랐다. 오늘날엔 비록 일개 선원이지만 한때 바다의 사나이라고 불렸던 그들이 어떻게 항해했는지, 어떻게 풍랑이 몰아치는 바다 한복판에서도 겁내지 않고 침착할 수 있었는지, 자신에게 맞서는 자를 추적하러 나서며 지력이라곤 없는 기계 뒤로 몸을 숨기는 대신 두뇌와 완력을 사용해 싸우고 자신을 신뢰하고 다스릴 수 있었는지, 상상의 나래를 폈다. "오직 인간만이 인간에게 흥미를 갖는다"라는 말은 그래서 변치 않는 진리다.

이 배에서 조금 떨어진 곳에 산타마리아호[•] 모형이 있었다. 물론 유심히 살펴보았다. 선장이 나를 안내하여 콜럼버스의 선실과 그의 책상 위에 놓인 한 시간짜리 모래시계를 보여주었다. 이 자그마한 시계는 내게 깊은 인상을 심어주었다. 왜냐하면 그것을 보고 있자니 이 영웅적인 탐험가가 절망에 빠진 뱃사람들이 밖에서 자기를 죽일 음모를 꾸미고 있는 동안 한 알 한 알 떨어지는 모래알을 들여다보면서 얼마나 지루해했을까 하는 생각이 들었기 때문이다.

박람회 주최자인 히긴보섬 씨는 친절하게도 내가 전시품을 만져볼 수 있도록 허락해주었다. 페루의 보물을 약탈할 때 피사로**가 이만큼 탐욕스러웠을까 싶을 정도로 나는 박람회를 빛내고 있는 출품작들 하나하나를 열심히 더듬었다. 서부의 이 화이트시티야말로 손에 잡히는 만화경이었다. 어느 것 하나 매혹적이지 않은 게 없었으나 그중에서도 특히 내 마음을 사로잡았던 건 프랑스 청동조각이었다. 하나같이 살아 숨 쉬는 것만 같았다. 이것을 만든 조각가는 하늘의 천사를 불러내 땅에 구현해놓은 게 아닐까.

• 콜럼버스가 탔던 배의 이름.
•• 스페인의 군인으로 페루의 정복자.

희망봉 전시관에서는 다이아몬드가 어떤 경로를 거쳐 채굴되는지 자세히 배울 수 있었다. 만져보아도 좋다고 허락해주면 실제로 작동하고 있는 기계를 더듬어 세세한 움직임을 알아내려고 노력했다. 채취한 돌의 무게를 어떻게 달고 또 그것을 어떻게 잘라 매끄럽게 갈고 닦는지 알고 싶었다. 그러는 중에 세척기에서 다이아몬드 하나를 주웠는데 "헬렌이 미합중국 최초의 다이아몬드를 발견했다"라고들 놀려댔다.

벨 박사는 늘 함께 다니면서 잠시도 우리 곁을 떠나지 않고 그만이 할 수 있는 유쾌한 방식으로 중요한 물건들을 내게 일일이 설명해주었다. 전기관에서 우리는 전화기, 자동전화, 축음기, 그 밖의 발명품을 살펴보았다. 박사님은 내게 공간을 뛰어넘고 시간을 따라잡으며 전선에 메시지를 담아 보내는 일이 대체 어떻게 가능한 건지 마치 프로메테우스*처럼 하늘로부터 불을 끌어오는 일이 과연 있을 수 있는지를 알기 쉽게 설명해주었다.

---

* 그리스 신화에서 하늘의 불을 훔쳐 인간에게 가져다준 영웅.

다음 코스로 우리는 인류관을 찾았다. 나는 고대 멕시코 유물에 유독 관심이 많았다. 아무래도 그 시대의 유일한 기록으로 남은 초라하기 그지없는 돌로 만든 도구들을 만지고 있노라면 왕과 현자의 기념물은 세월의 풍상을 겪으며 허물어져 가는데 문자를 알지 못했던, 말 그대로 자연의 아이들(그러니까 나는 손가락으로 더듬고 있지 않은가)이 만든 단순하기 짝이 없는 초라한 기념물은 이렇게나 오래도록 그 형태를 유지하는가 하는 데 자꾸만 생각이 미친 탓이 아니었을까 싶다. 인류관에는 이집트의 미라도 있었지만 만져보고 싶은 마음이 들지 않았다. 이러한 유물을 직접 대함으로써 나는 인류의 진보에 관해 그동안 읽고 들은 내용보다 훨씬 더 많은 것을 배울 수 있었다.

　　이 모든 경험으로 인해 엄청나게 많은 새로운 용어들을 알게 되어 어휘가 풍부해졌다. 뿐만 아니라 박람회에서 보낸 3주를 통해 요정 이야기와 장난감을 좋아하던 어린아이가 살아 움직이는 현실세계의 실제성과 진정성에 눈을 뜨게 되었다.

16

············ 1893년 10월 이전까지의 공부는 사실 체계적인 것과는 다소 거리가 멀었다. 정해진 시간 없이 하고 싶은 것을 그저 들쭉날쭉 산만하게 했을 뿐이다. 나는 그리스, 로마 그리고 미국의 역사를 읽었으며 점자로 된 프랑스어 문법책을 갖고 있었다. 프랑스어를 약간이지만 알았고 머릿속에서 짧은 글을 짓거나 새로 익힌 단어를 활용해 다른 문장으로 만들어보곤 했다. 물론 여기에는 어떤 규칙이나 교수법도 없었다. 그저 하나의 놀이였을 뿐이다. 누구의 도움도 받지 않고 그저 책에 설명

된 대로 모든 글자와 소리를 찾아가면서 혼자 힘으로 프랑스어 발음을 정복하고 싶었다. 물론 훌륭한 성과를 기대하기에는 무모하기 짝이 없는 방식으로 부러 자신을 혹사하는 노릇에 다름 아니었다. 하지만 한편으론 비 오는 날의 좋은 소일거리였을 뿐만 아니라 라퐁텐의 『우화』, 몰리에르의 『할 수 없이 의사가 되어』 그리고 라신의 『아탈리』 등의 몇 구절을 기쁘게 읽는 데는 문제가 없을 만큼의 실력은 갖출 수 있었다.

나는 또한 말을 더 잘하기 위해 적지 않은 시간을 투자했다. 선생님 앞에서 큰 소리로 책을 읽고, 외우고 있는 시 중에서 좋아하는 구절을 낭송했다. 그러면 선생님은 발음을 고쳐주고 어디서 끊고 어디서 높일지를 가르쳐주었다. 이런 식의 공부에 박차가 가해진 것은 1893년 10월, 국제박람회를 보고 돌아온 흥분이 가라앉고 피로가 좀 가시고 난 후부터였다. 그때부터 공부시간과 공부 주제를 정해놓고 공부하기 시작했다.

당시 선생님과 나는 펜실베이니아주 헐튼에 사는 윌리엄 웨이드 씨 가족을 방문하고 있었다. 마침 이웃에 사는 아이언스 씨가 훌륭한 라틴어 학자였으므로 그분에게서 지도를 받는 행운을 누렸다. 아이언스 씨는 매우 박식할 뿐만 아니라 보기 드물게 온화한 성품의 소유자였다. 그분에게는 주로 라틴어 문법을 배웠으나 종종 산수도 지도받곤 했는데, 산수는 정말이지 재미도 없고 성가시고 귀찮은 것이었다.

한 번은 그분이 테니슨의 장시 『인 메모리엄』을 읽어주었다. 이제껏 많은 책을 읽어왔지만 그때처럼 비판적인 시각으로 읽었던 적은 없었다. 그분을 통해 나는 처음으로 한 번 쥐어보는 것만으로 어떤 친구의 손인지를 알아내듯 꼭 그렇게 글쓴이의 문체를 보고 저자가 누구인지를 알아내는 법을 배웠다.

솔직히 처음에는 라틴어 문법을 배우기가 싫었다. 무슨 뜻인지 뻔히 알고 있는 단어인데도 그게 명사이고 소유격이며 단수인 데다 여성명사다, 하는 식의 낱말 분석에 시간을 쏟는 것이 어리석게 생각되었기 때문이다. 차라리 기르는 애완동물을 더 잘 알기 위해 계통수를 공부하는 것―예를 들면 척추동물문, 포유류, 식육목, 고양잇과에 속하는 고양이인데 이름은 타비이며 특징은 이러이러하다고 묘사하는 게 더 유익하지 않을까 싶었다.

그러나 라틴어를 그런 식으로 자꾸 분석하다 보니 차츰 흥미도 생기고 언어가 지닌 아름다움이 새록새록 기쁨을 불러왔다. 라틴어 문장을 읽고 있노라면 즐거웠다. 내가 아는 낱말에 주목해 그 의미를 이해하려고 들이는 노력도 참 좋았다. 지금까지도 라틴어와 함께하는 나만의 유희는 계속 이어지고 있다.

이제 막 친해지기 시작한 언어에 담은, 잠깐 존재하다가 이내 사라지고 말 내 마음속 이미지와 감상보다 더 아름다운 것은 없다고 생각한다. 정신의 하늘을 가로질러 스쳐가는 갖가지 생각, 변화무쌍한 공상이 만들어지고 색깔이 칠해지기도 한다. 설리번 선생님은 수업 때마다 내 옆에 앉아 아이언스 씨가 말하는 것을 하나라도 놓칠세라 빠짐없이 손에 옮겨주었고, 새로운 낱말이 나오기라도 하면 사전을 찾아 그 뜻을 알려주었다. 앨라배마 집에 돌아갈 무렵에는 카이사르의 『갈리아 전쟁기』를 읽기 시작했다.

17

············ 1894년 여름 나는 셔터쿼에서 열린 '미국 청각장애자 구화교육지원협회' 모임에 참석했다. 거기서 뉴욕에 있는 라이트휴메이슨학교 입학이 결정되고, 그해 10월에 학교에 들어가 공부를 시작했다. 물론 설리번 선생님과 함께였다. 이 학교는 청각장애자들을 가르치는 일반 학교보다 강도 높게 발성법과 독순법을 가르치는, 특별히 선발된 사람들을 가르치는 교육기관이다. 그렇다고 독순법과 발성법만 가르치는 건 아니어서 나는 학교에 머무는 2년 동안 산수와 지리, 독일어, 프랑스어

등도 공부해야 했다.

　독일어를 담당하는 리미 선생님은 수화 알파벳을 사용할 줄 알았으므로 독일어 어휘를 조금 익힌 후에는 기회가 닿는 대로 선생님과 독일어로 이야기를 주고받을 수 있었다. 몇 달 지나지 않아 나는 선생님이 하는 말을 거의 다 이해할 수 있었을 뿐만 아니라 1년도 못 되어 『빌헬름 텔』을 감명 깊게 읽을 정도가 되었다. 유독 독일어 실력만큼은 다른 어느 학과보다도 괄목할 만한 성장을 보였다. 그러나 프랑스어는 다소 어려웠다. 프랑스어를 가르치는 올리비에 선생님은 프랑스 사람인 데다 수화 알파벳을 할 줄 몰랐다. 그런 까닭에 오로지 선생님의 입술을 읽는 방법밖엔 없었는데 이 노릇이 도무지 쉽지가 않았다. 당연히 독일어 수업에서처럼 빠른 진전을 기대하기 힘들었다. 그렇지만 열심히 노력한 끝에 다시 한 번 『할 수 없이 의사가 되어』를 가까스로 읽을 수 있었다. 『빌헬름 텔』만은 못했지만 그런대로 재미있었다.

　이 학교의 주된 교육이라 할 수 있는 독순법과 발성법에서는 선생님과 내가 바라고 기대했던 것만큼의 진보를 이루지 못했다. 나는 정말이지 보통 사람들이 하듯 자연스럽게 말하고 싶었다. 선생님들 또한 그렇게 되리라고 확신했다. 그러나 최선을 다해 성실히 노력했음에도 좀처럼 목표한 바에 이르지 못했다. 어쩌면 내가 목표를 너무 높게 잡은 탓에 실망은 당연한 귀결일 수밖에 없었는지도 모르겠다. 사실 산수만 해도 내게는 여전히 곳곳에 뜻밖의 함정이 도사리고 있는 과목이었다.

예컨대 나는 이 분야에만 들어서면 결코 끝나지 않을 것처럼 보이는, 그러나 찾아보면 분명 논리에 의지해서 차근차근 풀어가는 넓은 길이 있음에도 불구하고 늘 위험천만한 미개척지, 다시 말해 '억측'의 세계로 뛰어들곤 했다. 그나마 그 억측도 건너뛰고 여차하면 곧장 결론으로 치닫곤 했으니, 가뜩이나 우둔한 머리에 이런 잘못까지 더해져서 산수 문제를 풀려면 응당 겪어야 하는 어려움 이상으로 힘들었던 것이다.

잘 안 풀리는 과목이 있으면 때로 실망감에 공부할 의욕을 잃기도 했지만 다른 과목, 특히 자연지리만큼은 여전히 공부하는 게 재미있었다. 자연의 비밀을 알아가는 기쁨이 그만큼 컸던 것이다. 마치 눈에 보일 듯 생생한 구약성서의 언어를 빌려와 말하자면, 어떻게 바람은 하늘 네 모퉁이로부터 생겨나 불어오며, 어떻게 지구 끝자락으로부터 수증기가 올라오며, 어떻게 강물은 바위를 가르고 솟아나며, 어떻게 산이 뒤집히며, 인간은 어떻게 자기보다 훨씬 힘센 것들을 정복할 수 있는지를 알아가는 기쁨 말이다. 뉴욕에서 보낸 2년은 하루하루가 참 행복했다. 돌아보니 거기 진짜배기 즐거움이 있었던 것 같다.

잊지 못할 추억 중 하나는 전교생이 날마다 센트럴파크를 산책한 거다. 뉴욕에서 가장 마음에 드는 곳을 하나 고르라면 단연 센트럴파크다. 넓디넓은 공원 어디 한 군데 즐겁지 않은 곳이 없다. 공원에 들어설 때마다 매번 듣는 거지만 늘 듣는 그 풍경 묘사가 나는 참 좋았다. 어느 곳을 보나 아름다웠고, 뉴욕에 머문 9개월 동안 단 하루도 똑같은 날 똑같은 풍경이 없었다고 할 정도로 날마다 각기 다른 아름다움이 있었다.

봄이면 이곳저곳 흥밋거리를 찾아 소풍을 다녔다. 허드슨강에서 배도 타고 브라이언트*가 즐겨 노래한 푸른 강 언덕을 산책하기도 했다. 나는 그곳의 단순하면서도 자연 그대로인 팰리세이드 단애의 웅장함이 마음에 들었다. 그 밖에도 웨스트포인트 육군사관학교와 태리타운을 방문했는데, 워싱턴 어빙의 집이 있는 태리타운에선 슬리피 할로**를 지나갔다.

라이트휴메이슨학교 선생님들은 어떻게 하면 학생들에게 청각이 정상인 보통 사람들이 누리는 모든 이점을 맛보게 해줄 수 있을까, 이 어린 학생들이 듣지 못하는 것으로 인해 기억조차도 수동적일 수밖에 없는, 이 갑갑한 삶의 환경으로부터 어떻게 하면 벗어나게 할 수 있을까를 밤낮으로 궁리했다.

뉴욕을 떠나기 전 나는 태어나서 겪은 슬픔 중 아버지가 돌아가셨을 때를 제외하고는 가장 큰 슬픔을 맛봐야 했다. 이곳에서 보낸 희망찬 날들에 먹구름을 몰고 온 소식은 보스턴에 사는 존 스폴딩 씨의 죽음이었다. 그는 1896년 2월에 세상을 떠났다. 그가 보지도 듣지도 못하는 여자아이에게 베푼 우정의 의미는 그를 잘 알고 가장 사랑한 사람만이 이해할 수 있을 것이다. 아름답고

겸손한 태도로 늘 주변 사람들을 행복하게 해준 그는 선생님과 내게 더할 수 없이 친절하고 자상한 분이었다. 우리가 그의 아름다운 인품을 느끼고 그가 어디서든 여전히 우리가 하는 일을 주의 깊게 바라보리라 여기는 한 아무리 많은 어려움이 따르더라도 결코 용기를 잃지 않을 수 있을 것이다. 그러나 어쨌든 그의 죽음은 우리 삶에 영원히 메울 수 없을 공허를 남겼다.

18

1896년 10월 나는 래드클리프대학*에 진학하기 위해 예비학교에 해당하는 케임브리지여학교에 입학했다.

어렸을 때 웰슬리대학을 방문한 적이 있었다. 그때 나는 "꼭 대학에 갈 거야. 그것도 하버드대학엘 갈 거라고!"라고 말하여 친구들을 놀라게 했다. 누군가 내게 "왜

---

* 하버드대학교 내 병설된 여자대학. 하버드대학교와 교수단 및 교과과정을 공유하며 졸업생은 하버드대학교 졸업자와 동등한 자격을 가진 것으로 간주된다.

여기 웰슬리대학이 아니고?"라고 물었는데, 나는 그때 "여긴 여자밖에 없잖아요"라고 대답했다. 대학에 가겠다는 생각은 어느 날 그렇게 내 마음에 똬리를 틀고 자라더니 진지한 소망이 되었다. 마침내 나는 학위를 따기 위해 볼 수도 들을 수도 있는 소녀들과 경쟁하는 상황 속에 뛰어들게 되었다.

주변의 많은 진실하고 현명한 친구들이 쌍수를 들어 반대했음에도 불구하고 내 결심은 좀체 흔들리지 않았다. 뉴욕을 떠날 즈음엔 이미 확고한 목표가 있었으므로 케임브리지로 가는 건 기정사실이나 다름없었다. 이것이야말로 하버드에 바짝 다가서는 길이었으며, 어린 시절 멋모르고 세운 결심을 성취하는 길이었다.

물론 케임브리지에서 수업을 받는 동안 설리번 선생님이 나와 함께 강의실에 들어가 수업 내용을 모두 통역해줄 계획이었다.

나를 지도할 교수들은 정상이 아닌 학생을 가르쳐본 경험이 없었기에 내가 그들과 이야기를 나눌 유일한 수단은 그들의 입술을 읽는 것이었다. 1학년 때 배워야 할 과목은 영국사, 영국 문학, 독일어, 라틴어, 수학 그리고 라틴어 작문과 때로 주제가 주어지는 영작문이었다. 대학 진학을 염두에 두고 진도를 짜 공부한 적은 없었지만 설리번 선생님으로부터 영어만큼은 확실하게 반복훈련을 받아온 까닭에 여기 선생님들도 이 과목만큼은 특별한 지도가 필요치 않다고 즉시 판단할 수 있었다. 다만 대학이 지정한 책에 한해서 평론 성격의 연구를 하는 데에는 지도가 필요했다. 게다가 나는 프랑스어에서만큼은 이미 출발이 좋았던 셈이었고 라틴어라면 6개월 동안 지도받은 적이 있었다. 게다가 독일어로 말할 것 같으면 가장 자신 있는 과목이었다.

그러나 이런 이점에도 불구하고 내 전진을 가로막는 심각한 장애가 있었다. 아무리 설리번 선생님이라 해도 학과를 이수하는 데 필요한 모든 것을 내 손에 죄다 옮겨 쓸 수는 없었던 것이다. 게다가 서둘러 점자책 만들기에 들어간 필라델피아와 런던의 친구들이 있어 조만간 사용하게 되긴 했지만 당시에는 점자 교과서를 구하는 게 보통 힘든 일이 아니었다. 더구나 한동안은 친구들 앞에서 낭독해야 하는 일도 있었기 때문에 라틴어를 브라유 점자로 옮겨야만 했다. 얼마 안 가 교수님들은 불완전한 내 말을 부족하나마 알아듣고 질문에 답을 해주거나 잘못된 곳을 정정해주게 되었다. 애로사항은 또 있었다. 수업 중에 필기를 하거나 연습문제를 풀 수 없다는 것이었다. 그렇지만 작문에는 아무 문제가 없었고 그날 수업 내용은 집에 와서 그나마 기억이 또렷할 때 타이프라이터로 쳐두었다.

날마다 선생님은 나와 함께 수업을 듣고 한없는 인내로 내 손에 선생님들이 말하는 내용을 모두 써주었다. 공부하다가 새로운 낱말이 나오면 일일이 사전을 찾아 설명해주었고 점자로 되어 있지 않은 책이며 노트들은 몇 번이고 거듭 읽고 또 읽어주었다. 그 일이 얼마나 지루할지 상상할 수도 없을 것이다. 독일어 교수인 그뢰테 부인과 교장인 길먼 씨, 그렇게 두 분이 나를 직접 지도하고자 알파벳 수화를 배우셨다. 수화 알파벳으로 말하는 게 얼마나 느리고 부정확한지 그뢰테 부인만큼 잘 이해하게 된 사람이 또 있을까 싶다. 그럼에도 마음씨 고운 그분은 일주일에 두 번씩 그 고된 방법으로 나를 지도하겠다고 나섰다. 수화 알파벳을 배우면서 이 일이 얼마나 힘든지 너무도 잘 알게 된 부인이 설리번 선생님을 잠시라도 쉬게 해주려고 마음 써준 것이었다. 이렇듯 모두가 나서서 우리를 도우려 하고 친절을 베풀었지만, 이 고역을 기쁨으로 승화시킬 수 있는 건 오직 설리번 선생님의 손뿐이었다.

그해에 나는 수학 과목을 마쳤고, 라틴어 문법을 복습했으며, 카이사르의 『갈리아 전쟁기』를 3장까지 읽었다. 그 밖에도 일부는 내 손가락으로 일부는 설리번 선생님의 도움을 받아가며 실러의 시 「종의 노래」와 「잠수부」, 하이네의 『하르츠 기행』, 프라이타크의 『프리드리히 대왕의 나라』, 릴의 「아름다운 저주」, 레싱의 『미나 폰 바른헬름』 그리고 괴테의 『나의 생애로부터』를 독일어 원어로 읽었다. 이 책들을 읽을 때가 가장 좋았다. 실러의 서사시와 프리드리히 대왕의 위업을 기록한 역사 그리고 괴테의 삶을 그린 글은 특히 더했으며 『하르츠 기행』은 다 읽어버리는 것이 아까울 정도였다. 그의 글엔 포도넝쿨로 뒤덮인 언덕이며 햇살을 받아 잔물결을 일으키며 졸졸 흐르는 시내, 면면히 이어지는 전통과 전설로 신성시되는 땅 그리고 오래전 어느 날 홀연히 자취를 감춘 프란체스코회 수녀들에 이르기까지 상상의 시대, 오직 자연을 느끼고 사랑하고 탐구하는 이에게만 허락된 능력, 사람을 마냥 행복하게 하는 익살과 매력이 흘러넘친다.

길먼 교장 선생님은 그해 잠시 내게 영문학을 가르쳤다. 우리는 함께 셰익스피어의 『좋으실 대로』와 버크의 『아메리카와의 화해에 대하여』 그리고 매콜리의 『새뮤얼 존슨의 삶』을 읽었다. 길먼 선생님은 역사와 문학에 폭넓은 식견을 갖고 있었을 뿐만 아니라 해석 또한 명쾌했다. 그래서 필요한 만큼의 간략한 설명만 거의 기계적으로 받아 적은 노트만 달랑 놓고 되풀이 읽어대야 하는 내 공부를 한결 알기 쉽고 즐거운 것으로 만들어주었다.

정치 문제를 다룬 책은 전에도 종종 읽어봤지만 버크의 연설은 그 어떤 책보다도 교훈적이었다. 시절이 하 수상하다 보니 내 마음 또한 소란스러웠다. 전쟁 중인 두 나라에서 국민의 삶이 걸린 중차대한 임무를 맡은 인물들이 각자가 옳다고 생각한 대로 결정을 내리는 것 같았다. 그러므로 버크가 정녕 대가다운 모습으로 다가올 엄중한 사태를 웅변하고 있는 동안 어찌하여 국왕 조지 3세와 그의 대신들은 아메리카가 승리를 거두고 그들은 굴욕을 당할 것을 경고하는 버크의 예언에 하나같이 귀를 막았던 것일까 더욱 의아할 뿐이었다. 나는 이 위대한 정치인이 국민의 대표이자 정당의 일원인 정치인의 처지를 우울하게 기술한 내용을 읽었다. 이상할 수밖에 없었다. 어찌하여 그토록 값진 진리와 지혜의 씨앗들이 무지하고 부패한 잡초가 우글대는 땅에 뿌려졌단 말인가.

버크와는 다른 의미에서 나는 매콜리의 『새뮤얼 존슨의 삶』도 재미있게 읽었다. 내 마음은 그러브스트리트*에서 불행한 나날을 보내며 육체는 물론이요 영혼마저 극심한 고통에 시달리면서도 가난하고 절망에 빠진 이들을 향해 늘 친절한 말과 도움의 손길을 건네는 이 고독한 사내에게로 향했다. 나는 어느덧 그가 성공하면 기뻐하고 그가 지닌 결점에 대해서는 눈감아버리는 사람이 되어 있었다. 그라고 결점이 없었겠는가마는 오히려 내가 참으로 놀란 것은 그에게도 결점이 있었다는 점이

---

* 가난한 문인들이 많이 살던 런던의 거리.

아니라 그 결점들이 끝내 그의 영혼을 꺾지도 영혼의 성장을 방해하지도 못했다는 것이다. 그러나 평범하고 진부한 것마저도 살아 숨 쉬는 듯 생생하게 묘사하는 매콜리의 감탄할 만한 능력과 뛰어난 재주에도 불구하고 때론 그의 독선에 진저리가 쳐졌다. 지나치게 효과에 집착한 나머지 진리를 외면하는 그의 처사를 목격할 때면 나도 모르게 이 대영제국의 데모스테네스*에게 귀 기울일 때 내가 보이던 존경의 태도는 온데간데없이 사라지고 의혹의 눈초리를 홉뜨고 그를 바라보곤 했다.

케임브리지학교를 다니면서 난생처음 나는 성한 귀와 눈을 가진 또래 소녀들과 어울리는 기쁨을 맛볼 수 있었다. 내가 머물던 곳은 학교 건물에 잇닿아 지은 쾌적한 기숙사 여러 채 중 하나로 몇 사람이 함께 사용했다. 이전에 하우얼스**가 살기도 했던 이 집은 가정집의 장점까지 고스란히 간직하고 있었다. 나는 그들과 많은

---

* 아테네의 정치가. 아테네 시민들을 선동하여 마케도니아의 필리포스·알렉산드로스 부자에게 저항하게 만들었다.
** 윌리엄 딘 하우얼스. 미국의 소설가이자 평론가. 『애틀랜틱 먼슬리』의 주간.

놀이를 함께했다. 비록 눈도 보이지 않는 사람이 눈밭에서 벌거벗고 설치는 꼴이었지만 말이다. 우리는 함께 산책도 하고 서로 의논해가며 공부도 했는데 그러다가 우리 마음에 쏙 드는 구절이 나오면 큰 소리로 읽곤 했다. 몇몇 친구들은 나와 대화하는 법을 익혔으므로 굳이 선생님이 나서서 그들의 이야기를 일일이 손에 옮겨가며 대신 전해주지 않아도 되었다.

어머니와 여동생 밀드레드가 크리스마스 시즌을 함께 보내려고 학교에 찾아왔을 때 길먼 교장 선생님은 친절하게도 동생이 나와 함께 공부할 수 있도록 배려해주었다. 밀드레드는 6개월 동안 케임브리지에서 지낼 수 있었다. 우리는 이 행복한 시간을 한시도 떨어지지 않고 붙어 지냈다. 서로의 공부를 도와주고 함께 놀며 보낸 시간들을 떠올리면 늘 마음 가득 행복감이 차오른다.

1897년 6월 29일부터 7월 3일에 걸쳐 나는 래드클리프에 들어가기 위한 예비시험을 치렀다. 시험은 초급 및 고급 독일어를 비롯해 프랑스어, 라틴어, 영어 그리고 그리스와 로마의 역사 과목으로 총 아홉 시간 동안 치러졌다. 모두 합격했을 뿐만 아니라 독일어와 영어에선 우수한 성적을 받기까지 했다.

　도대체 어떻게 보지도 듣지도 못하는 이 친구가 멀쩡한 사람들과 함께 시험을 치를 수 있었다는 건지 궁금해할 독자들이 있을 것이다. 내가 시험을 치른 방법에 대해 잠시 설명하고 넘어가는 것이 좋을 듯싶다. 학생들에게 주어진 시간은 초급에 열두 시간, 고급에 네 시간, 이렇게 총 열여섯 시간이었으며 한 번에 다섯 시간을 초과할 수 없다. 정각 9시에 하버드에서 시험지가 배부되면 교직원이 그것을 받아 래드클리프까지 가져왔다. 수험생은 답안지에 이름 대신 번호만 쓸 수 있었다. 내 수험번호는 233이었지만 타이프라이터를 사용해야 했으므로 내 답안지는 공공연한 비밀에 불과했다.

　게다가 나는 답안 작성을 타이프라이터로 해야만 했으므로 그 소리가 다른 학생들에게 방해가 될지도 모르니 다른 방에서 혼자 치르도록 하는 게 좋겠다는 의견이 있어서 그대로 따랐다. 수화 알파벳을 할 줄 아는 길먼 교장 선생님이 내게 시험지를 모두 읽어주었고 시험을 치르는 동안 누구도 방해하는 일이 없도록 감독관이 문 옆에서 보초를 섰다.

첫째 날 시험과목은 독일어였다. 길먼 선생님이 옆에 앉아 문제를 읽어주면 나는 그것을 큰 소리로 복창했고, 그는 내가 제대로 이해했는지를 확인해가며 한 문장 한 문장 읽어 내려갔다. 문제가 어려웠으므로 나는 타이프라이터로 답을 써내려가면서도 매우 걱정이 되었다. 답안이 작성되면 길먼 선생님은 내가 쓴 것을 한 자 한 자 내 손에 옮겨 적었다. 나는 필요하다고 생각될 때마다 정정해줄 것을 요청하고 그러면 선생님은 즉시 나를 대신해서 내가 지적한 부분에 정정된 사항을 적어 넣었다. 이곳에서 치른 시험 이후로 어디에서도 이런 혜택을 다시 누리지 못했다. 후에 래드클리프에 가서 시험을 치를 때는 아무도 내 답안을 내게 다시 읽어주는 사람이 없었으므로 시험 종료 전에 마치지 못하면 한 번 쓴 것을 정정할 기회가 없었다. 때로 허용된 시간을 몇 분 앞두고 실수한 것을 겨우 기억해내서 잘못을 고칠 때가 있었으며 답안지 말미에 정정하고 싶은 내용을 짤막하게 적어 넣기도 했다. 최종시험에서보다 예비시험에서 더 높은 성적을 받은 데는 두 가지 이유가 있었다. 우선 최종시험에서는 내가 작성한 답안을 다시 읽어주는 사람이 없었다. 예비시험에서는 해당 과목 중에 케임브리지여학교에 들어오기 전에 이미 배워 친숙해진 몇몇 과목이 들어 있었고, 또 그해 초 길먼 선생님이 하버드 기출문제 가운데 영어, 역사, 프랑스어, 독일어 과목을 미리 풀어보게 해주었다.

길먼 선생님은 이 답안은 수험번호 233번이 작성한 게 틀림없다는 확인서를 첨부하여 내 답안지를 채점위원에게 보냈다.

다른 예비시험 과목도 모두 동일한 방법으로 치렀다. 맨 처음 본 시험처럼 어려운 건 없었다. 라틴어 시험을 보던 날에는 실링 교수님이 내가 시험 치고 있는 교실까지 찾아와 독일어 시험을 우수한 성적으로 통과했다고 알려주었다. 이 소식을 듣고 용기를 얻은 나는 마지막 시험까지 한결 가벼운 마음과 침착한 손으로 잘 마무리할 수 있었다.

19

.... 2학년이 되자 꼭 성공하고야 말겠다는 기대
와 결의가 다시금 솟구쳤다. 그러나 몇 주 지나지 않아
예기치 않은 어려움에 봉착했다. 길먼 선생님은 내가 수
학 공부에 주력해야 할 때라고 판단했다. 하는 수 없이
그해 물리학, 대수학, 기하학, 천문학, 그리스어, 라틴어
를 이수해야 했다. 그러나 안타깝게도 공부하는 데 필
요한 책 대부분이 수업 시작에 맞춰 점자책으로 준비되
지 않았다. 게다가 중요한 학습교구 역시 형편은 마찬
가지였다. 설상가상으로 수강하는 학생들 수가 너무 많

다 보니 선생님들에게 특별지도를 기대할 수도 없는 처지였다. 설리번 선생님이 참고가 될 만한 책은 죄다 읽어주고, 수업 중엔 선생님들의 말을 일일이 내게 옮겨주는 방법 외엔 다른 방도가 없었다. 11년 만에 처음으로 선생님의 손이 이 과중한 짐을 감당할 수 있을까 걱정이 되었다.

대수와 기하학 시간에는 필기를 해야 했고, 물리 또한 문제를 풀어야만 했다. 그러나 문제풀이 과정을 한 단계씩 적어 내려가는 브라유 점자책을 구입하기 전까지는 불가능했다. 칠판 위에 그려진 도형을 볼 수 없으니 그 형태가 어떠한지를 파악하는 유일한 방법은 직선과 곡선 모양의 철사를 구부려 모서리를 뾰족하게 해서 받침대 위에 만들어보는 것이었다. 키스 선생님이 보고서에 쓴 것처럼 나는 도형의 부호, 가설과 결론, 작도와 증명 과정 등을 일일이 머릿속에 옮겨놓아야만 했다. 한 마디로 말해서 어느 학과나 그에 따른 애로사항이 있다고 봐야 했다. 가끔 나는 용기를 완전히 잃고 곤경에 빠져 허우적거렸다. 다시 떠올리기에도 부끄러운 모습이었다. 구부러진 것을 곧게 펴고 거친 곳을 매끄럽게 할 수 있는 유일한 사람, 그곳에서 지내는 동안 내게 가장 친절했던 유일한 친구인 설리번 선생님에게까지 내 감정을 마구 터뜨려댔다.

다행히 시간이 지나면서 어려움은 하나하나 해소되어갔다. 점자책과 교구들이 도착했고 그 사이 자신감을 회복한 나는 다시금 공부에 전념했다. 대수와 기하는 어떻게든 이해해보려고 애쓰는 나의 노력을 본체만체하는 유일한 과목이었다. 전에도 말한 적이 있지만 나는 수학에는 도무지 소질이 없었다. 이보다 더 나은 표현을 찾을 수 없을 정도로 사실이 그러하다. 그중에서도 특히 기하학의 도형은 정말이지 질색이었다. 철사를 구부리고 모서리를 뾰족하게 만드는 등 아무리 입체적으로 그 모양을 전달하려 했다 하더라도 나는 도형을 이루는 각기 다른 부분들이 서로 어떤 관계에 있는지를 도저히 파악할수가 없었다. 그러던 내가 키스 선생님에게 수학을 배우기 시작하면서 비로소 분명한 개념을 가지게 되었다.

그동안의 어려움을 극복하는 계기가 된 사건이 발생했고, 그로 인해 모든 것이 바뀌었다.

책이 도착하기 바로 전이었다. 길먼 선생님이 내가 너

무 지나치게 공부하는 것 같다며 설리번 선생님에게 충고를 했고, 내가 반대의사를 분명히 전했는데도 불구하고 막무가내로 내 수업시간을 줄여버렸다. 케임브리지 여학교에 입학할 당시만 해도 대학입시를 준비하는 데 5년이 걸리더라도 뭐 어쩌겠나 생각했다. 그러나 1학년 말 시험 성적이 나오자 설리번 선생님과 주임인 하버 선생님 그리고 다른 분들도 2년 남짓 준비하면 충분하겠다고 판단했던 것이다. 물론 교장 선생님도 같은 생각이었다. 그런데 내가 다소 어려움을 겪는 듯 보이자 일정을 너무 무리하게 잡은 것이라고 생각해서 3년으로 늦춰 잡는 게 좋겠다고 주장하기에 이른 것이다. 그러나 나는 교장 선생님의 주장에 동의할 수 없었다. 동급생들과 함께 대학에 진학하고 싶었기 때문이다.

그러던 중 공교롭게도 11월 17일, 몸이 좋지 않아 학교에 가지 못하는 일이 벌어지고 말았다. 설리번 선생님은 심각하게 보지 않았지만 교장인 길먼 선생님은 그렇게 생각하지 않았다. 하여 그분은 이 이야기를 전해 듣자마자 내가 몸이 약해져서 동급생들과 함께 최종시험을 치를 수 없는 상태라고 선언하고, 남은 수업을 독단으로 변경해버렸다. 길먼 선생님과 설리번 선생님이 각자 자기주장을 굽히지 않자 결국 어머니가 나서서 밀드레드와 나를 케임브리지여학교에서 자퇴시키는 것으로 사태를 일단락 지었다.

그렇게 얼마간의 시일이 지난 후 나는 케임브리지의 머튼 S. 키스 선생님으로부터 개인지도를 받으며 공부를 다시 시작했다. 설리번 선생님과 나는 그해 남은 겨울을 보스턴에서 40킬로미터쯤 떨어진 렌섬의 체임벌린가에서 친구들과 함께 보내게 되었다.

1898년 2월부터 7월까지 키스 선생님은 일주일에 두 번 렌섬에 와서 대수와 기하, 그리스어와 라틴어를 가르쳐주었다. 물론 설리번 선생님이 늘 하던 대로 내 옆에 앉아 수업을 모두 통역해주었다.

그해 10월 우리는 보스턴으로 돌아왔다. 그리고 8개월 동안 키스 선생님으로부터 일주일에 다섯 번, 한 번에 한 시간가량 지도를 받았다. 선생님은 내가 전 시간에 이해하지 못한 부분을 다시 한 번 설명하고 새로운 과제를 내주었으며, 그 주 내내 내가 타이프라이터로 친 그리스어 연습문제 답안을 가져가서는 하나하나 정정한

다음 되돌려주었다.

　이렇게 개인지도를 받는 것으로 대학입시 준비는 차질 없이 진행되었다. 이로써 교실에서 수업을 따라가기보다 개인지도를 받는 편이 훨씬 쉽고 즐거운 일이라는 것을 깨달았다. 서두를 일도 당황할 일도 없었다. 혹 이해가 안 되는 부분이 생기더라도 충분한 시간을 갖고 차근차근 설명을 들을 수 있었다. 사실 학교에서 배울 때보다 훨씬 빨리 그리고 더 좋은 성과를 올릴 수 있었다. 분명한 것은 어쨌거나 내가 다른 학과보다 수학 문제 푸는 걸 어려워한다는 점이었다. 대수나 기하가 어학이나 문학의 반만큼이라도 쉽다면 얼마나 좋을까. 이것이 나의 희망사항이었다. 키스 선생님은 내가 수학에 조금이라도 흥미를 갖게 해주려고 애썼다. 선생님은 먼저 내 두뇌가 수용할 수 있을 정도의 크기로 문제를 잘게 자르는 데 성공했다. 의욕을 발동시키고 민첩하게 생각하며 근거를 따져가는 습관을 길러 얼렁뚱땅 아무데로나 튀지 않고 차분히 논리적으로 결론을 찾아나가도록 나를 지도해주었다. 선생님은 내가 아무리 둔하게 굴더라도 참으며 늘 믿어주었다. 욥˚의 인내로도 참아내기 어려울 나의 어리석음 앞에서도 변함이 없었다.

1899년 6월 29일과 30일, 이틀 동안 드디어 래드클리프대학 입학을 위한 최종시험을 치렀다. 첫날은 초급 그리스어와 고급 라틴어를, 둘째 날은 기하, 대수, 고급 그리스어를 치렀다.

대학 관계자는 설리번 선생님이 내게 시험문제를 읽어주는 것을 허락하지 않았다. 대신 퍼킨스학교 교사인 유진 C. 바이닝 씨에게 의뢰하여 시험문제를 미국식 브라유 점자로 고치게 했다. 바이닝 씨는 내가 한 번도 만난 적이 없는 분이었고 점자로 쓰는 게 아니고는 단 한마디도 나와 이야기를 나눌 수 없었다. 시험감독관 또한 처음 보는 낯선 사람이었는데 내게 어떤 식으로든 말을 걸려고 하지 않았다.

브라유 점자로 어학 시험을 보는 데는 아무 문제가 없었으나 기하와 대수 시험에서 예기치 않은 어려움이 발생했다. 당황한 나는 특히 대수에서 귀중한 시간을 너

• 구약성서 「욥기」의 주인공. 마귀의 시험을 받아 계속되는 재난 속에서도 믿음과 인내의 시련을 겪고 끝내 승리한 사람.

무 많이 허비하는 바람에 이만저만 낙담한 게 아니었다. 나는 미국에서 사용되고 있는, 예를 들어 영국이나 미국 또는 뉴욕의 점자법 체계 안에서 문자 점자를 사용하는 데에는 익숙했지만 기하나 대수에 나오는 각종 부호나 기호는 얘기가 전혀 달랐다. 대수의 경우 기껏해야 영어 점자법 정도를 사용할 줄 알았을 뿐이다.

시험을 이틀 앞두고 바이닝 씨로부터 오래된 하버드 대수 시험문제 중 하나를 점자 사본으로 받았는데 유감천만으로 그것은 미국식 표기법을 따르고 있었다. 나는 즉시 바이닝 씨에게 편지를 보내 이들 기호를 설명해달라고 부탁했다. 그에게서 기호 일람표가 든 편지가 도착했고 촌각을 다투며 새로운 표기법을 익히기 시작했다. 그러나 대수 시험 전날 밤까지도 아직 대괄호와 중괄호, 근호를 조합해서 식을 세울 수 있는 형편이 못 되었다. 키스 선생님이나 나나 지칠 대로 지쳤을 뿐만 아니라 다음 날 있을 시험에 대한 불길한 예감으로 숨이 막힐 지경이었다. 시험 시작 시간보다 조금 일찍 시험장에 도착하니 바이닝 씨가 기다리고 있다가 미국식 기호 사용법을 좀 더 알기 쉽게 설명해주었다.

기하에서 가장 애를 먹은 건 내가 항상 기하의 명제나 정리를 글을 읽듯 문장으로만 받아들이고 이해해왔기 때문에 막상 읽을 때는 안다고 생각했던 것이 머릿속에 들어가서는 뭐가 뭔지 혼란스럽고 더군다나 점자로 옮기려면 뒤죽박죽이 되고 만다는 것이었다. 게다가 대수 또한 풀기 시작하고 보니 산 넘어 산이었다. 방금 전에 상세한 설명을 듣고 그 정도면 알겠다고 생각한 기호들이 일제히 내게 반기를 들고 나서는 것이었다. 그뿐인가. 나는 타이프라이터로 작성한 답안을 볼 수도 없는 상황이었다. 계산은 점자로 하거나 머릿속에 써놓는 게 전부였다. 키스 선생님은 평소 내 암산 실력을 너무도 신뢰한 나머지 답안 작성을 연습시키지 않았던 것이다. 결과적으로 답을 구하는 데 고통스러우리만치 오랜 시간이 걸렸다. 어떻게 풀 것인지 식을 세우기에 앞서 주어진 보기를 몇 번이나 반복해서 읽고 또 읽어야만 했기 때문이다. 사실 지금도 내가 그 모든 기호를 옳게 읽은 것인지 의심스러울 뿐만 아니라 제정신으로 시험을 치른 것인지도 모르겠다.

그러나 누구도 탓할 생각은 없다. 래드클리프대학 당

국은 나 같은 사람이 시험을 치르는 데 따르는 어려움을 미리 간파하지 못했고 내가 헤쳐 나가야 할 곤경의 특이성을 이해하지 못했던 것이다. 어쨌거나 그들로서도 이런 난관을 의도한 것은 아니었으므로 나로서는 무사히 이겨냈다는 것만으로도 큰 다행이라 하지 않을 수 없다.

20

············ 대학 입학을 바라고 벌인 투쟁도 어느덧 대
단원의 막을 내리고 나는 마침내 언제라도 원할 때 래드
클리프에서 공부할 수 있는 자격을 따냈다. 그러나 그전
에 한 1년 정도 키스 선생님의 지도를 받는 것이 좋겠다
는 생각이 들었다. 그런 까닭에 내 오랜 대학 진학의 꿈
이 실현된 것은 1900년 가을이 되어서였다.

래드클리프에서 보낸 첫날이 기억난다. 어느 것 하나
흥미롭지 않은 것이 없었다. 얼마나 고대했던 일인가.
친구들의 우정 어린 격려와 스스로 다독여온 결과에 힘

입은 덕분이라고만 하기에는 믿기 어려울 정도로 강한 내 안의 어떤 힘이, 볼 수 있고 들을 수 있는 정상인의 기준에 있는 힘을 다해 도전해보라고 나를 몰아대왔다. 그 길에 장애물이 있을 것을 모르지 않았으나 극복하고 말리라 열심을 냈다. 나는 옛 로마의 현자가 남긴 "로마에서 추방되거들랑 로마 밖에서 살면 될 일이다"라는 말을 명심하고 있었다. 최고의 지식을 배우는 지름길, 대학에 들어가는 길이 아니고서는 다른 길이 없단 말인가. 분명 그렇지는 않을 것이다. 물론 잘 알려지지 않은 시골길을 헤매며 여행해야 하겠지만 말이다. 대학 안에도 나와 마찬가지로 생각하고 사랑하고 분투하는 여학생들이 있고, 그들과 손이 맞닿을 수 있는 많은 샛길이 있다는 것을 알았다.

나는 열심히 공부했다. 아름다움과 빛을 향해 활짝 열린 신세계가 내 앞에 있었다. 내게 이 모든 것을 받아들일 능력이 있음을 나는 확신했다. 인간 정신의 놀라운 왕국 안에서 나 역시 누구 못지않은 자유인이요, 이 나라의 사람들, 경치, 풍습, 기쁜 일 슬픈 일 모두가 실제 세계를 알리는 살아 숨 쉬는 통역자들인 것이다. 강의실은 위인과 현자들의 정신으로 충만했으며, 교수님들은 하나같이 지혜의 화신이었다. 사실이 그렇지 않았다면 결코 이런 말을 할 수 없었을 것이다.

그러나 나는 곧 대학이 내가 상상해왔던 것처럼 그렇게 낭만적인 곳만은 아니라는 사실을 깨달아야만 했다. 아직 경험한 바 없는, 모르기에 더 큰 즐거움을 안겨준 내 어린 날의 꿈들이 그 아름다움을 잃고 반복되는 일상 속에서 나날이 시들어갔다. 게다가 차츰 불리한 점들이 하나둘 눈에 띄기 시작했다.

가장 절실한 것은 예나 지금이나 시간이 부족하다는 것이었다. 내 속으로 침잠해서 또 다른 나와 더불어 생각하고 반성하곤 하던 시간이 대학에 와선 절대적으로 부족했다. 하루를 마감하는 저녁이면 그렇게 영혼이 들려주는 내면의 소리를 듣곤 했는데 따로 시간을 내지 않고서야 어찌 사랑하는 시인의 노래가 이제껏 침묵만을 지켜온 영혼에 울리는 깊고 달콤한 선율을 들을 수 있겠는가. 스스로를 돌아볼 시간이 턱없이 부족했다. 대학은 생각하기 위해서가 아니라 단지 배우기 위해서 오는 곳인 것 같다. 학문의 길에 들어서며 우리는 고독과 책과 상상력, 우리가 소중히 여기는 즐거움을 몽땅 솔향기 짙은 산들바람 부는 솔숲에 두고 와야 하는 모양이다. 앞으로 맛볼 즐거움을 지금은 그저 보물처럼 쌓아두는 것이라 생각하면서 마음을 달래려고도 해보았으나 나란 사람이 워낙 궂은 날에 대비해서 부를 축적하느니 오늘의 즐거움을 좇는 대책 없는 사람인 것을 어찌하랴.

처음 1년 동안 해야 할 공부는 프랑스어, 독일어, 역사, 영작문, 영문학이었다. 프랑스어 시간에는 코르네유, 몰리에르, 라신, 알프레드 드 뮈세와 생트뵈브의 작품을, 독일어 시간에는 괴테와 실러를 읽었다. 로마제국 멸망에서 18세기에 이르는 역사를 대충 시대별로 급하게 훑었으며, 영문학 시간에는 밀턴의 시와 『아레오파지티카』를 비평적 시각에서 공부했다.

대학에서 공부하느라 겪는 남모르는 어려움에 대해 궁금해하는 사람들이 의외로 많다. 강의실에서 내 모습은 예상하는바 그대로 외톨박이다. 교수는 마치 전화기 저 너머의 사람처럼 내게서 멀기만 한 존재다. 교수들이 하는 강의는 하나같이 어찌나 빨리 내 손에 옮겨지는지 진도를 따라가느라 애쓰는 사이 강의하는 사람의 개

성은 온데간데없이 사라지기 일쑤다. 내 손에 내달리는 교수의 말은 산토끼를 뒤쫓다 종종 놓치곤 하는 사냥개와 흡사하다. 그러나 이 점에 있어 필기에 여념이 없는 다른 학생들보다 내 처지가 특별히 더 나쁘다고는 생각하지 않는다. 강의 중에 이처럼 무턱대고 들은 것을 그대로 받아 적는, 기계적인 활동에만 마음이 팔려 있으면 생생한 수업 현장, 다시 말해 듣고 그 즉시 생각해야 하는 그날의 주제에는 도저히 집중할 수가 없다. 물론 내 경우는 듣기만도 바쁜 손을 가지고 필기하는 것은 꿈도 꾸지 못한다. 그러므로 나는 대개 집에 돌아와서 기억을 되살려 간단히 몇 자 적어두는 정도에 그칠 수밖에 없다. 나는 연습문제와 그날의 과제, 작품 분석 비평문, 수업시간 중에 있는 테스트, 중간고사 및 기말고사 등을 모두 타이프로 쳤으므로 내가 해당 과목을 얼마나 이해하고 있는지를 파악하는 데 교수들이 어려움을 겪을 일은 없었다. 라틴어 시 창작을 공부하기 시작하면서는 각기 다른 운율과 장단을 나타내는 내 나름의 기호 체계를 고안하여 이를 교수들에게 설명해야 했다.

나는 하먼드 타이프라이터를 쓴다. 이것저것 써보았

지만 하먼드만큼 내 용도에 잘 맞는 것이 없었다. 하먼드 타이프라이터의 문자변환기는 쉽게 교체 가능해서 그리스어, 프랑스어, 수학 기호 등 타이프라이터로 하고자 하는 작업 용도에 맞게 다양한 틀을 갈아 끼워가며 쓸 수 있다. 하먼드 타이프라이터가 없었다면 과연 대학에 다닐 수는 있었을지 의문이 들 정도다.

대학에서 공부하는 데 필요한 책들 중에 시각장애인을 위한 점자책은 극히 드물었다. 그러므로 누군가 내 손에 읽어주지 않으면 안 되었다. 그러다 보니 자연히 다른 학생들보다 수업 준비에 더 많은 시간이 들었다. 눈으로 보면 될 것을 손으로 옮기다 보니 시간도 많이 걸릴뿐더러 혹 잘못 이해하고 넘어가는 경우도 있었다. 그런가 하면 다른 학생들은 밖에서 웃고 노래하고 춤추며 즐거운 시간을 보내는데 나는 이렇게 꼼짝없이 들어앉아 못다 읽은 몇 페이지를 붙잡고 씨름해야 했다. 이때문에 사소한 일에도 마음이 상해 몸이 빳빳하게 굳는 것도 모를 만치 긴장하고, 치밀어 오르는 반항심에 시달리는 날도 있었다. 물론 곧 낙천적인 기질을 회복하고 불만을 웃음으로 날려 보내며 언제 그랬나는 듯 훌훌 털어버리기는 했지만 말이다. 결국 참된 지식을 얻고 싶으면 누구나 우리 앞에 놓인 이 '험준한 산'을 홀로 오를 수밖에 없으며, 정상에 오르는 왕도가 따로 있는 것이 아닌 한 이쪽저쪽 기웃거리며 자기 나름의 길을 개척해 나갈 수밖에 없다는 걸 깨달았다. 미끄러져 엉덩방아를 찧고 다시 일어서기를 몇 번이나 반복했던가. 예상치 못한 곳에서 불쑥 튀어나온 돌부리에 채어 의욕을 상실했다가 다시 추스르고 일어서기를 얼마나 반복했던가. 그렇게 터벅터벅 한 발짝 한 발짝 스스로 용기를 북돋우며 열심을 내 전진해 나아가 마침내 더 높은 곳에 올라 확 트인 지평선을 볼 수 있게 되었다. 매번의 고투가 또 하나의 승리나 다름없었다. 노력하면 할수록 빛나는 구름에 더 가까이, 푸른 하늘 저 멀리, 내 열망이 숨 쉬는 고원에 한 발 더 가까이 닿을 수 있었다.

고투를 벌이는 동안 늘 혼자였던 건 아니다. 윌리엄 웨이드 씨와 펜실베이니아 시각장애아학교 교장인 E. E. 앨런 씨가 나를 위해 많은 책을 점자로 만들어주었다. 내게 베푼 사려 깊은 친절이야말로 그들이 짐작하는 것보다 훨씬 더 큰 도움과 용기를 주었다.

지난해, 그러니까 래드클리프에서 맞은 두 해째, 나는 영작문과 영문학 교재로 성서, 미국과 유럽의 정치, 호라티우스의 송가 그리고 라틴 희극을 배웠다. 이 중에서 가장 좋았던 건 뭐니 뭐니 해도 작문이었다. 영작문 수업은 마치 살아 있는 듯 언제나 활기 넘치고 재미있었을 뿐만 아니라 재치와 익살이 넘쳐났다. 담당교수인 찰스 타운센드 코플런드 선생님은 내가 만난 그 어떤 교수보다도 원문이 지닌 생명력을 잘 전달해주는 분이었다. 그 짧은 한 시간 안에 그는 불필요한 해석과 군더더기 설명에 구애받지 않고 옛 대가들의 작품 속에서 영원한 아름다움을 발견하게 해주었다. 여러분은 그들 사상의 진수를 만날 수 있다. 여러분의 영혼은 야훼와 엘로힘*의 존재를 잊은 채 구약성서의 감미로운 우레를 맛보며 "영원한 조화 속에 사는 형상과 영혼의 완전함을 잠시 잠깐이나마 우러러보고 진리와 아름다움만이 시간의 한계를 넘어 옛것 속에서도 성장을 멈추지 않고 솟아남을 깨달

---

* 야훼와 엘로힘은 모두 히브리어로 신 또는 조물주를 가리킨다.

아" 감격 속에 교실을 나서는 것이다.

2학년을 보내며 가장 좋았던 건 내가 특히 좋아하는 주제, 즉 경제학과 엘리자베스 여왕 시대의 문학, 그리고 조지 L. 키트리지 교수가 가르치는 셰익스피어와 조시아 로이스 교수의 철학사 강의를 들을 수 있다는 것이었다. 철학을 통해서 우리는 공감할 수 있는 이해력을 바탕으로 방금까지만 해도 우리와는 별개의 존재로만 보이던 서로 다른 생각과 먼 시대의 전통 속으로 들어간다.

그러나 대학은 내가 생각했던 것처럼 고대 그리스 아테네의 보편성이 살아 숨 쉬는 학문의 전당은 아니었다. 위대한 인물을 만날 수 있는 곳도, 현자와 얼굴을 맞대고 이야기를 나눌 수 있는 곳도 아니었다. 다시 말해 살아 있는 만남을 기대할 수 있는 곳이 아니었다. 위대한 지성은 이미 미라가 되어버렸다. 군데군데 금이 간 학문의 벽에서 그것을 끄집어내어 해부하고 분석한 후에야 비로소 우리는 잘 만들어진 모조품이 아닌 진짜배기 밀턴과 이사야를 만나게 되는 것이다. 내가 보기엔 많은 학자들이 위대한 문학작품이란 이성으로서보다는 감성, 깊이 있는 감성의 무게로 읽히고 향유된다는 사실을 종종 잊어버리는 것 같다. 문제는 그들이 공들여 써놓은 해설 중 어느 것 하나 변변히 기억되는 게 없다는 점이다. 모름지기 정신은, 과실이 무르익으면 나무에서 떨어지듯 그렇게 잘 익은 열매를 맺어야 하는 법이다. 꽃을 알고 싶은가? 그렇다면 그 뿌리와 줄기 그리고 그 밖의 다른, 예를 들어 성장의 전 과정을 연구하라. 그러고 나면 비로소 꽃을 안다고 할 수 있을까, 과연 그럴까? 하늘이 내린 이슬로 방금 씻고 나온 청초한 한 송이 꽃을 아노라 할 수 있을까? 하여 나는 지칠 줄 모르고 묻고 또 묻는다. "어찌하여 나는 이러한 가설과 설명으로 스스로를 들볶는가?" 마치 눈먼 새가 그다지 효과적이지 못한 날개를 파닥이며 공기 중을 떠돌듯이 내 생각들 또한 그렇게 내 정신 속에서 이리저리 날아다닌다.

나는 지금 우리가 읽는 문학작품이 결코 지식의 대상이 되어서는 안 된다고 말하는 게 아니다. 지루하기 그지없는 해설과 혼란스럽기 짝이 없는 비평만이 정답인 양 받아들여지게 놔둘 수는 없지 않은가. 사람 수만큼이나 많은 의견이 버젓이 존재하는데 말이다. 그러나 키트리지 교수처럼 훌륭한 학자가 대문호의 말을 해석해줄 때 우리는 "눈먼 자에게 내려진 새로운 빛을 본다." 그는 바로 살아 숨 쉬는 시인 셰익스피어를 우리 눈앞에 불러 오는 까닭이다.

그러나 그토록 배우고 싶어했던 것들에서 뚝 잘라 반을 싹 쓸어버리고 싶을 때가 있다. 아무리 값지고 좋은 것이라 한들 과부하에 걸린 정신으로야 어찌 기쁨을 느낄 수 있겠는가. 하루 만에 각기 다른 언어로 쓴 네댓 가지 책을 읽고 서로 다른 주제를 폭넓게 다루면서도 책을 읽는 본래의 목적을 놓치지 않는다는 게 나로서는 불가능한 일 같았다. 시험 준비에 쫓겨 초조해하면서 급하게 책을 읽으면 머릿속이 온통 아무짝에도 쓸모없어 보이는 낡은 고물로 가득 차서 뭘 어떻게 찾아 써야 할지 종잡을 수 없게 된다. 지금 내 머릿속이 바로 그렇다. 도저히 다시금 제자리를 찾아줄 수 있을 것 같지 않은 별개의 문제들로 꽉 들어차 있다. 그리하여 내 정신의 왕국, 그 땅에 발을 들여놓을 때마다 나는 마치 중국인 가게에 들어와 알아들을 수 없는 말들이 왕왕대는 소리를 듣고 있는 것만 같다. 온갖 지식의 잡동사니가 우박처럼 머리 위로 쏟아져 내리고 이를 피해 도망치려 하자 어디서 나타났는지 온갖 종류의 대학 도깨비들이 내 뒤를 쫓는다. 아, 남모르게 품어온 사악한 소원이 있었던가. 나 이제 그 소원을 내려놓고 용서받고 싶다. 이제껏 숭배해온 그 우상을 내려치고 싶어진다.

뭐니 뭐니 해도 대학생활의 일등 도깨비는 바로 시험이다. 얼마나 자주 그것들과 맞서 싸워 기어이 거꾸러뜨려 흙 속에 처박아버렸던가. 그러나 놈들은 부스스 일어나 창백한 얼굴을 들이대며 협박을 해댄다. 마침내 밥 에이커스*처럼 용기란 용기는 모조리 손가락 끝으로 다 빠져나갈 때까지. 이 같은 시련이 닥치기 전 며칠은 머릿속에다 아리송한 공식과 소화불량에 걸릴 만큼 많은 연대를 있는 대로 쑤셔 담느라 분주하다. 입에도 맞지 않는 식사에 질려 나중에는 차라리 책이고 과학이고, 심지어 나 자신마저 깊은 바다에 처넣고 싶어진다.

두려워하던 그 시간은 어김없이 찾아온다. 만반의 준비를 끝내고 그 노력이 헛되지 않아 필요할 때 예비한

---

* 아일랜드의 극작가 리처드 셰리든의 희곡 『연적』에 나오는 등장인물.

것을 꺼내 쓸 수 있다면 당신은 참으로 혜택받은 사람이다. 그러나 때맞춰 울어야 할 트럼펫은 너무나 자주 자기 본분을 망각하기 일쑤다. 제일 황당하고 화가 날 때는 바로 예리한 판단력과 기억력이 가장 필요한 순간에 별안간 날개를 달고 멀리 날아가버릴 때다. 공들여 긁어모은 지식이 위기에 직면해선 늘 아무 힘도 발휘하지 못하고 마는 것이다.

"후스와 그의 업적에 대해 간략히 기술하라." 후스? 후스가 누구더라? 그가 무슨 엄청난 일이라도 했단 말인가. 왠지 친숙하게 느껴지는 이름이긴 한데. 헝겊주머니 속에서 작은 비단조각을 찾을 때처럼 역사적 사실이 들어 있는 보따리를 샅샅이 뒤진다. 기억 저편 어딘가, 그러니까 아마도 종교개혁 초에 해당하는 그즈음 어디서 보았던 게 분명하다. 어디더라? 예의 그 지식의 잡동사니를 끌어당겨 어디 한 번 끄집어내보자. 혁명? 교회의 분열? 대학살? 오, 그래, 정부조직? 그런데 후스는? 그는 대체 어디 있단 말인가? 시험에 나오지 않은 건 어쩌면 이리도 속속들이 꿰차고 있는지 스스로도 놀라울 뿐이다. 구석구석 필사적으로 파헤치자 드디어 제 생각에만 골몰해 있는 그 남자가, 자기가 불러들인 대재앙은 안중에도 없다는 듯 여유작작한 모습으로 한구석에 나타난다.

바로 그 순간, 시간이 다 되었음을 알리는 시험감독관의 목소리가 들려온다. 기분이 엉망진창이 된 당신은 이제는 아무짝에도 소용없어진 쓰레기더미를 걷어차고 시험장을 나선다. 머릿속에 가득 찬 건 이 한 마디, "언제한 번 물어나 봤냐고!" 내 허락도 받지 않고 이런 시험 문제를 낸 교수의 권리를 박탈해야겠다는 혁명적인 계획이 세워진다. 그 권리가 교수 고유의 신성한 것이라는 생각은 까맣게 잊어버리고.

이 장의 마지막 두세 쪽에서 나는 현실의 나 자신하고는 맞지 않는 것이겠지만 어쨌거나 웃음의 강펀치를 날려 분위기를 확 바꾸고 싶었다. 내 앞에는 어깨를 으쓱으쓱 잔뜩 거들먹거리며 조롱을 그치지 않는 가지각색 은유가 펼쳐져 있다. 창백한 얼굴의 도깨비가 예의 그 허튼소리를 우박 퍼붓듯 내리쏟는다. 정체를 가늠할 수 없는 이 족속은 대체 어쩌자는 것인가. 마음대로 조롱하라 하자. 조롱 섞인 비유야말로 그토록 바라던 대학에 들어와서 이리 밀리고 저리 구르며 내가 받은 인상과 변화된 생각을 가장 적나라하게 드러내고 있는지도 모를 일이다.

래드클리프에서 보낼 대학생활을 손꼽아 기다리던 시절, 내게 대학은 낭만 그 자체였다. 그러나 막상 닥치고 보니 낭만이 다 무엇이더냐. 낭만이 현실로 곤두박질치는 하루하루 속에서 나는 실제 해보려 하지 않았다면 결코 알지 못했을 많은 것들을 배웠다. 그 가운데 하나는 인내라는 값진 학문이다. 인내는 가르친다. 교육이란 우리가 시골길을 산책할 때 오감을 활짝 열고 여유로운 마음으로 우리 안에 찾아드는 갖가지 인상을 받아들이는 것과 꼭 같다고. 그렇게 우리 안에 들어온 지식은 차고 넘쳐 깊이 있는 사고의 물결을 이루고 밀물처럼 밀려와 소리 없이 보이지 않는 영혼을 적신다. "아는 것이 힘이다." 아니, 아는 것이야말로 행복이다. 폭넓고 깊이 있는 지식을 소유함으로써 무엇이 참된 목적이며 어떤 것이 더 가치 있는 것인지 분별할 수 있을 것이기 때문이다. 그러므로 인류의 진보를 특징짓는 사상과 행동양식을 안다는 것은 수 세기를 관통해온 위대한 인간의 심장 고동을 느끼는 것이다. 만약 심장 박동 속에서 하늘을 향해 솟구치는 열정을 느끼지 못한다면 삶의 조화, 그 가락을 들을 귀가 멀었음에 틀림없다.

21

……………… 지금까지 살아오면서 내 삶의 어느 부분인가를 채운 여러 사건을 살펴보았다. 그러나 아직 말하지 않은 중요한 게 남아 있다. 그건 바로 이제껏 내가 책에 얼마나 많은 빚을 졌는가 하는 것이다. 책을 읽으면서 나는 기쁨과 지혜를 얻었고, 볼 수 있고 들을 수 있는 사람이 쌓은 지식을 건네받았다. 책이 내가 받은 교육에서 차지하는 의미를 말하라면 다른 누구보다 더욱 크다고 하겠다. 그러므로 이제 책을 읽기 시작한 당시로 거슬러 올라가보는 게 좋을 듯싶다.

1887년 5월 일곱 살 때 처음으로 줄거리가 있는 이야기를 읽기 시작했다. 그날부터 오늘에 이르기까지 굶주린 내 손가락 끝이 가닿는 어디서나 활자화된 모든 것은 그칠 줄 모르는 내 독서욕을 잠재울 한 끼 거리 식사일 뿐이었다. 앞에서도 말한 바 있지만, 교육을 받기 시작하고 처음 몇 해 동안 나는 정해진 교육과정에 따라 책을 읽은 것이 아니다.

처음에는 점자로 된 책 몇 권이 내가 가진 전부였다. 이를테면 초보자를 위한 읽을거리와 어린이를 위한 이야기 모음집, 그리고 『우리 사는 세상』이란 제목의 지구 이야기책 정도였다. 나는 그것들을 읽고 또 읽었다. 얼마나 되풀이 읽었는지 나중에는 점자가 닳아서 더는 읽을 수 없을 지경이 되었다. 가끔 설리번 선생님이 알고 있는 짧은 이야기나 시 중에서 내가 이해할 만한 것을 골라 내 손에 써주었지만 나는 그보다는 직접 읽는 것을 더 좋아했다. 내 마음에 드는 책을 몇 번이고 읽는 게 좋았기 때문이다.

정말로 진지하게 독서에 입문한 건 처음으로 보스턴에 갔을 때였다. 날마다 일정 시간 학교 도서관을 이용해도 좋다는 허락을 받아 이 서가에서 저 서가로 종횡무진하며 손에 닿는 책을 마음껏 읽었다. 가령 열에 하나밖에 이해하지 못하더라도, 또는 한 면 전체에서 두 낱말 정도밖에 이해할 수 없더라도 그래도 계속 읽었다. 낱말 하나하나가 그 자체로 내 마음을 사로잡았다. 읽고 있는 이야기가 어떤 뜻인지에 대해서는 그다지 관심을 두지 않았던 것 같다. 그럼에도 어떤 면에선 내가 꽤나 감수성이 예민했던 모양이다. 수많은 낱말과 문장을 의미도 모른 채 덮어놓고 받아들였으면서도 후에 말을 하고 글을 쓰기 시작했을 때 나는 너무나도 자연스럽게 낱말과 문장을 적절히 구사했다. 오죽하면 친구들이 내가 그토록 풍부한 어휘를 알고 있는 것에 놀라 혀를 내두를 정도였다.

읽은 책은 많았지만 모두 부분적으로 읽었을 뿐이다. 책 읽기에 본격적으로 돌입한 그 무렵 나는 책 한 권을 끝까지 읽은 적이 없었다. 시만 해도 참 많이 읽긴 했는데 그 뜻을 이해하지 못한 채로 넘어갔다. 그러던 어느 날 한 권의 책을 만났는데, 이해하면서 읽었을 뿐만 아니라 내게 영향을 미친 첫 책이 된 『소공자』였다.

여기서 잠깐 내가 『소공자』를 만나게 된 경위를 밝히

면 이렇다. 하루는 설리번 선생님이 도서실 한 귀퉁이에서 『주홍글씨』를 펼쳐놓고 골똘히 생각에 잠긴 나를 발견했다. 내 나이 여덟 살 때였다. 선생님은 내게 펄*이 좋으냐고 물었다. 그러고는 나를 혼란스럽게 만들던 몇몇 낱말을 설명해주었다. 그런 다음 선생님은 한 소년의 아름다운 이야기를 들려주면서 분명 『주홍글씨』보다 훨씬 더 좋아하게 될 거라고 장담하는 것이었다. 그 이야기의 제목은 『소공자』이고, 돌아오는 여름에 읽어주마 약속하셨다.

그 약속은 8월이 되어서야 지켜졌다. 방학이 시작되고 바닷가에서 보낸 처음 몇 주 동안 신기한 일투성이에 볼거리는 또 얼마나 많았는지 그만 그 책의 존재를 까맣게 잊고 말았다. 게다가 선생님은 보스턴에 사는 친구들을 만나러 가느라 잠시 내 곁을 떠나 있었다.

선생님이 돌아온 후 우리가 맨 처음 한 일은 바로 『소공자』를 읽는 것이었다. 매력적인 소년의 이야기가 시작

---

* 『주홍글씨』에서 죄의 씨앗으로 태어난 소녀의 이름.

되는 첫 장을 읽은 때와 장소를 지금도 선명하게 기억한다. 때는 8월의 무더운 오후였다. 우리는 집에서 조금 떨어진 곳에 있는 아름드리 소나무 두 그루에 매단 그물침대에 걸터앉아 있었다. 되도록 오래 책을 읽을 욕심에 우리는 그날 점심식사가 끝나기 무섭게 설거지까지 후딱 해치운 참이었다. 그물침대까지 가려면 풀숲을 헤치고 걸어야만 했다. 발걸음을 재촉하는 우리를 향해 메뚜기가 떼를 지어 날아오르더니 급기야는 우리 옷에 마구 달라붙었다. 선생님은 기어이 그 녀석들을 일일이 떼어내고야 앉을 생각이었다. 하지만 내게는 그러는 게 시간낭비로만 보였다. 그물침대는 솔잎으로 뒤덮여 있었다. 선생님이 떠나 있는 동안 아무도 사용하지 않았던 것이다. 소나무 위로 해가 내리쬐자 솔향기가 사방에 퍼졌다. 상쾌한 공기 속에 짠 바다 냄새가 묻어났다.

선생님은 책을 읽기에 앞서 내가 이해하기 힘들 거라 생각되는 물건들에 대해 찬찬히 설명해주었고, 책을 읽어가다 낯선 낱말이 튀어나오면 일일이 그 뜻을 알려주었다. 처음에는 모르는 낱말이 많아 읽다가 중단되는 일이 자주 반복됐다. 하지만 돌아가는 상황을 파악하고 나서는 이야기에 폭 빠진 나머지 대수롭지 않은 낱말 하나 마다 일일이 신경 쓰고 싶지 않을 정도였다. 그러다 보 니 선생님이 꼭 필요하다고 생각해 들려주는 설명을 들 으면서도 조바심이 났다. 드디어 선생님의 손가락이 너 무 지쳐 더는 읽어나갈 수 없는 상태에 이르렀다. 그때 생전 처음 나는 보지도 듣지도 못하는 내 실상을 들여 다보게 되었으며, 잃어버린 감각 때문에 가슴이 아팠다. 책을 집어들고 영원히 잊지 못할 열렬한 갈망을 담아 나 는 글자들을 더듬고 또 더듬었다.

후에 내가 그 책을 너무도 좋아한다는 걸 알게 된 애 너그노스 씨가 소공자 이야기를 점자책으로 만들어주 었다. 얼마나 되풀이 읽었는지 나중에는 아예 줄줄 외울 정도가 되었다. 소공자는 내 어린 시절을 통틀어 그야말 로 다정하고 상냥한 친구였다. 혹 내가 소공자 이야기를 너무 세세하게 늘어놓아 독자들을 지루하게 만들지도 모른다는 염려를 하면서도 부득이 길어진 데는 그만한 이유가 있다. 이 책과의 만남이야말로 책 읽기를 시작한 지 얼마 안 되었을 무렵 내 어린 시절의 독서가 지닌 다 소 막연하고 변덕스럽고 혼란스럽던 특성과는 확연하게 대조되기 때문이다.

돌이켜보건대 내가 책에 대해 진정한 의미의 관심을 기울이기 시작한 것은『소공자』를 읽으면서부터였다. 그 뒤 2년 동안 나는 집에 있을 때나 보스턴을 방문할 때나 참 많은 책을 읽었다. 그때 읽은 책을 모두 기억하지도 못할 뿐만 아니라 어떤 순서로 읽었는지도 생각나지 않는다. 그러나 대충『플루타르크 영웅전』, 라퐁텐의『우화』, 호손의『신비로운 이야기』와『성서 이야기』, 찰스 램의『셰익스피어 이야기』, 디킨스의『어린이 영국사』,『아라비안나이트』,『로빈슨 가족의 모험』,『천로역정』,『로빈슨 크루소』,『작은 아씨들』등이 있었고, 나중에는 아름다운 이야기『알프스의 소녀 하이디』를 독일어로 읽기도 했다.

공부하고 노는 틈틈이 이 책들을 읽으면서 나는 이전에 결코 맛보지 못했던 기쁨을 만끽했다. 나는 이 책들을 연구하거나 분석하지 않았을 뿐 아니라 잘 썼는지 어떤지에 대해서도 아는 바 없었다. 그러고 보니 어떤 문체로 누가 쓴 것인지에 대해서도 생각해본 적이 없었다. 어느 날 보니 내 발 아래 영롱한 보석들이 떨어져 있었고 나는 다만 햇살을 받아들이듯, 친구들의 사랑을 받아들이듯 그 보석들을 받아들였을 뿐이다. 나는 『작은 아씨들』을 참 좋아했다. 그건 내가 볼 수 있고 들을 수 있는 아이들에게 친밀감을 느꼈기 때문이다. 아무래도 내 생활은 여러 면에서 제한적이었으므로 바깥세상의 소식을 알려면 책을 통하는 길밖에 없었다.

『천로역정』은 별로 재미가 없었다. 끝까지 읽은 것 같지도 않다. 라퐁텐의 『우화』 역시 마찬가지였는데, 처음 영어 번역본으로 읽을 때 영 내키지 않는 마음으로 읽었던 것과는 달리 후에 프랑스어로 다시 읽었을 때는 생경하기 짝이 없는 낯선 언어임에도 불구하고 작가의 놀라운 언어 구사력을 발견할 수 있었다. 그러나 그다지 좋아지지는 않았다. 그 이유를 딱히 집어낼 수는 없으나 나는 동물을 의인화하여 인간처럼 말하고 행동하도록 만든 이야기에 끌린 적이 없다. 아마도 우스꽝스러운 동물 풍자에 마음이 너무 쏠린 나머지 어떤 교훈도 이끌어낼 수 없었기 때문이 아닌가 싶다.

게다가 라퐁텐은 우리에게 도덕성을 높여보라고 호소하지도 않는다. 그가 무엇보다 강조하는 것은 이성과 자기애다. 우화 전체를 통해 그가 말하고자 하는 사상은 도덕이란 자기애에서 비롯하는 것이므로 이성의 인도를 받아야 하며 이성으로 통제되어야 한다는 것. 그렇게 될 때라야 비로소 행복이 그 뒤를 따른다는 것이다. 나로서는 그의 생각에 동의할 수 없다. 이건 어디까지나 나 개인의 생각일 뿐이지만 나는 자기애야말로 모든 악의 뿌리라고 생각한다. 물론 내 생각이 틀렸을 수도 있다. 사람을 관찰하는 일이라면 그가 나보다 더 다양하고 많은 기회를 누렸을 테니까. 어쨌거나 우화에 대한 내 생각은 그러니까 근본적으로 우화 속에 들어 있는 익살과 풍자에 대한 거부라기보다는 그렇게 중대한 진리를 왜 하필 원숭이와 여우로 하여금 가르치게 했느냐는 불만이었을 것이다.

그렇다고 해서 내가 동물을 좋아하지 않느냐 하면, 그건 아니다. 나는 『정글북』과 『시튼 동물기』를 무척 좋아한다. 오히려 누가 봐도 동물에 관심이 많은 편이다. 내 관심이 쏠리는 것은 인간을 풍자한 동물이 아니라 살아 있는 동물이다. 우리는 살아 있는 동물의 사랑과 증오에 공감할 뿐만 아니라 그들이 연출하는 희·비극에 웃고 운다. 물론 그러는 와중에 어떤 도덕적 요소까지 은연중에 암시받고 있는지 모른다. 그러나 과연 그것이 우리가 의식할 만큼 포착할 수 있는 것인지는 여전히 의문스러울 따름이다.

나는 왠지 고대 사상에 마음이 끌렸다. 특히 고대 그리스는 신비한 매력으로 나를 사로잡았다. 내 상상의 세계 속에서는 고대 그리스의 남신과 여신들이 여전히 땅 위를 걷고 사람들과 이야기를 주고받았다. 내 마음속에는 내가 가장 사랑하는 신들을 위한 비밀 신전이 세워졌다. 나는 요정과 영웅은 물론 반신반인 종족에 대해 잘 알았고 또한 이들을 사랑했다. 모두를 사랑했다고는 할 수 없을 듯하다. 왜냐하면 그중 메데이아와 이아손만큼은 너무나 극악무도해서 결코 용서할 수가 없었기 때문이다.* 도대체 신들은 왜 그들이 악행을 일삼기 전에 막지 않고 그냥 놔두었다가 죄를 저지른 다음에야 벌하는 것인지 아무리 생각해도 이해할 수 없었다. 지금도 여전

---

* 이아손은 숙부에게 빼앗긴 왕위를 되찾기 위해 황금 양털을 찾아 모험을 떠난다. 메데이아는 이아손에게 반해 아버지를 배신하고 남동생까지 죽여가며 그를 도왔으나, 결국 그에게 배신당하고 잔인한 복수극을 벌인다.

히 풀리지 않은 미스터리다. 어찌하여 그럴 수 있는 것
인지 의아스러울 뿐이었다.

········

신은 어찌하여 침묵하는가.

죄는 아랑곳하지 않고

신의 시간을 농락하며 활보하건만.

········

그리스를 나의 낙원으로 만들어준 것은 『일리아스』였
다. 원어로 읽기 이전부터 트로이 이야기는 워낙 잘 알
고 있었으므로 일단 문법이라는 국경을 넘어서고 나니
그리스어로 된 그들의 보물을 받아내는 데 별 어려움이
없었다. 자고로 위대한 시는 어느 나라 말로 지어졌든,
그것이 영어든 그리스어든 간에 시를 감상하는 마음 이
외에 그 어떤 통역자도 필요치 않은 법이다. 시인의 위
대한 작품을 분석한답시고 오만 가지 해설과 주석을 줄
줄이 덧붙여서 읽는, 정나미가 떨어지게 만드는 자들에
게 제발 이 단순명쾌한 진리를 깨달아달라고 부탁하고

싶다! 한 편의 아름다운 시를 이해하고 감상하기 위해 그 시에 쓰인 낱말 하나하나가 어떤 뜻으로 어떻게 쓰이며 또 문법에 맞는지를 따져보는 일이 그렇게 꼭 필요한 걸까? 물론 나는 안다. 배운 게 많은 교수님들이 나 같은 사람보다는 『일리아스』 안에서 끌어낼 수 있는 게 훨씬 더 많다는 사실을.

나는 욕심꾸러기가 아니며, 남들이 나보다 현명하다는 데 만족한다. 그러나 그들이 과연 자기들의 방대하고도 깊이 있는 지식을 가지고 우리 앞에 펼쳐진 이 한 편의 빛나는 서사시를 능히 측량할 수 있을까? 나만큼은 분명 아닐 것이다. 『일리아스』의 아름다운 구절들을 읽을 때마다 나는 이보다 더 갑갑한 게 있을까 싶으리만치 비좁은, 내 삶이 처한 한계 상황을 뚫고 솟구쳐 오르는 또 다른 나를 의식한다. 육체의 결함을 잊은 채 점점 더 높이, 더 멀리 올라 아아, 마침내 드넓은 하늘이 나의 것, 내 세상이다.

『아이네이스』 또한 『일리아스』만큼은 아니지만 내가 경탄해 마지않는 작품으로 이보다 실제와 거리가 먼 것이 또 있을까 싶다. 되도록 주석이나 사전의 도움을 받지 않고 읽으려다 보니 많이 읽는 방법밖에 없었다. 특히 감동적인 에피소드가 나오면 늘 번역을 하는데 그게 참 좋았다. 베르길리우스의 묘사를 보노라면 가끔 놀라지 않을 수 없다. 그의 작품 속에선 신들이나 인간이나 모두 마치 엘리자베스 시대 가면극에 나오는 아름다운 인물처럼 정열과 투쟁과 비애와 연애 장면을 꿰뚫고 지나간다. 『일리아스』에서는 어떤가. 그들은 세 차례나 뛰어오르고 쉬지 않고 노래를 부른다. 베르길리우스가 달빛 아래 서 있는 아폴로 대리석 조각처럼 고요하고 사랑스럽다면 호메로스는 어떤가. 그는 강렬한 태양이 내리쬐는 가운데 바람에 머리카락을 나부끼며 서 있는 아름답고 생기발랄한 젊은이라고 해야 하지 않을지.

책장을 날개 삼아 하늘을 나는 건 이렇게나 쉬웠다! 『플루타르크 영웅전』에서 『일리아스』까지는 하루거리 여행길도 아닐뿐더러 마냥 즐겁지만도 않았다. 내가 문법과 사전이라는 양대 미궁 속을 기진맥진한 채 헤매고 다니거나 또는 지식 추구에 여념이 없는 학생들을 혼란으로 몰아넣기 위해 학교가 만든 시험이라는 함정에 빠져 허우적대는 사이, 원한다면 누구나 책의 날개를 달고 세계일주를 몇 번이나 하고도 남았을 것이다. 학생이라면 누구나 이런 종류의 순례에 나설 수밖에 없으며 이 길을 걸어감으로써 얻는 것 또한 없지 않다는 걸 알면서도, 게다가 때로 길모퉁이를 돌면 뜻밖에 감격스러운 기쁨과 마주치기도 하지만 그래도 지루한 것을 어찌하랴.

　나는 내용을 이해하지 못하는 가운데 아주 오랫동안 성서를 읽어왔다. 지금 생각하면 어떻게 성서가 들려주는 놀라운 화음, 그 아름다운 선율을 듣지 못했을까, 나는 영혼마저도 귀머거리였던가 싶을 지경이다. 어쨌거나 성서에 까막눈인 때가 있었다. 어느 비 오는 일요일 아침, 할 일 없이 앉았다가 마침 곁에 있던 사촌에게 성서 이야기나 들려달라고 졸랐다. 그녀는 내가 이해하지 못할 거라 생각하면서도 내 손에 요셉과 그의 형제들 이야기를 써주기 시작했다. 아닌 게 아니라 정말이지 재미가 없었다. 익숙지도 않을뿐더러 생소하기까지 한 어투가 반복되다 보니 멀고 먼 가나안 땅이 더욱 멀게만 느껴졌다. 그런 까닭에 요셉의 형제들이 피 묻은 색동옷을 들고 아버지 야곱의 천막을 찾아가 사악한 거짓말을 늘어놓는 바로 그 대목에서 나는 그만 잠이 들고 말았다.

어째서 그리스인들의 이야기는 하나같이 흥미진진한 데 반해 성서 속 이야기는 도무지 감흥을 주지 않는지 그 이유를 모르겠다. 물론 보스턴에 머물 때 몇 번인가 그리스 사람들을 만난 적이 있으며 그들이 자기 나라 이야기에 애착을 보이는 것에 감명을 받았던 건 사실이다. 그에 반해 유대인이나 이집트인은 단 한 명도 실제로 만난 적이 없다. 그러니 그저 야만인으로밖에 생각되지 않고 그들에 관한 이야기 역시 그저 만들어낸 것에 불과하다고 여겨지는 게 어쩌면 당연한지도 모른다. 이상하게도 나는 한 번도 자기 조상의 이름을 그대로 따른 그리스 이름을 괴상하다고 생각한 적이 없다.

그랬던 내가 이제 성서 속에서 큰 기쁨을 발견하고 있다. 몇 년 동안 성서를 읽어왔는데 읽을수록 기쁨도 영감도 날로 커가는 것을 느낀다. 그뿐만이 아니라 이제 성서는 다른 어떤 책보다도 내가 좋아하는 책이 되었다. 물론 아직도 나라는 존재 안에 꿈틀대는 본능이 성서에 대항하여 들고 일어나려 할 때가 많다. 왜 처음부터 끝까지 두루 읽어나가야 한다고 나 자신을 몰아붙였는지 후회막급일 때도 있다. 성서의 역사와 기원 등을 알게 되었다고 해서 내가 그동안 성서를 대할 때마다 마치 기합을 받는 어린아이처럼 주눅 들 수밖에 없었던 사소하지만 불쾌한 기억들을 보상받을 수 있으리라고는 생각지 않는다. 나는 어느 편인가 하면 하우얼스 박사와 마찬가지로 과거의 문학에서 모든 추악하고 야만스러운 면이 정화되기를 바란다. 그렇다고 해서 이들 위대한 작품들이 약화되거나 오해받는 일이 생겨서는 안 된다고 생각한다.

구약성서 「에스더서」는 절체절명의 공포를 직접적이고 단순명료하게 그려낸다. 그래서 이야기가 주는 인상이 그렇게 강렬한 게 아닐까 싶다. 에스더가 잔혹한 왕 앞에 나서는 장면보다 더 극적인 게 또 있을까? 그녀는 자기 목숨이 왕의 수중에 있음을 안다. 누구도 왕의 분노로부터 그녀를 지켜줄 수 없다는 것도. 그럼에도 그녀는 두려움을 이겨내고 왕 앞에 나선다. 그녀 안에 약동하는 힘은 바로 드높은 애국심이다. "죽으면 죽으리라. 그러나 내가 산다면 내 민족 또한 살리라."

룻의 이야기는 또 어떤가. 지극히 동양적이라 할 만하지 않은가! 페르시아 수도에 사는 사람들의 삶과 단순한 시골 사람들의 삶이 얼마나 다른지 선명하게 드러난다. 룻은 참으로 진실하고 온유한 사람이다. 그런 그녀를 누군들 사랑하지 않을 수 있을까. 바람 부는 보리밭 가운데 추수하는 일꾼들과 함께 선 그녀를 보라. 욕심이라곤 찾을 수 없는 그녀의 아름다운 영혼은 암울한 시대 어두운 밤하늘을 밝히는 별처럼 빛난다. 깊이 뿌리박힌 인종 차별과 갈등을 넘어선 룻의 진실한 사랑은 세상에서 다시 찾아보기 힘들 것이다.

성서는 내게 깊은 위안을 준다. "보이는 것은 잠깐이요, 보이지 않는 것은 영원하다."(신약 「고린도후서」 4장 18절)

책을 사랑하게 된 이후 나는 셰익스피어를 사랑하지 않은 적이 한순간도 없다. 정확히 언제 램의 『셰익스피어 이야기』를 읽기 시작했는지 모르겠다. 내가 기억하는 건 처음에는 그저 어린아이의 이해 수준에서 재미있었다는 것이다. 『맥베스』가 가장 인상적이었다. 한 번 읽었을 뿐인데도 이야기의 세세한 부분까지 고스란히 기억날 뿐만 아니라 잊히지 않았다. 오래도록 유령과 마녀가 쫓아오는 꿈을 꾸었다. 나는 너무도 선명하게 맥베스 부인의 희고 작은 손과 피 묻은 비수를 볼 수 있었다. 처참

한 핏자국은 비탄에 빠진 왕비만큼이나 눈에 선했다.

『맥베스』 다음에 읽은 건 『리어 왕』이었다. 글로스터의 두 눈을 파내는 장면에서 내가 느낀 공포는 아마도 평생 잊히지 않을 것이다. 분노에 사로잡혀 손가락 하나 움직이지 못한 채 나는 한참을 굳은 몸으로 앉아 있었다. 아이가 느낄 수 있는 최고치의 증오가 내 마음을 옥죄고 있다는 걸 알 수 있었다.

나는 샤일록과 사탄을 동시에 만난 게 분명하다. 이 둘이 내 안에 오래도록 혼재했다. 기억하건대 나는 이 둘 모두가 가여웠다. 막연히 나는 그들 스스로가 아무리 원해도 결코 선해질 수 없다는 걸 알았다. 그들을 도울 자도, 그들에게 공평한 기회를 줄 자도 없었다. 그들을 비난할 마음이 전혀 들지 않는 건 지금도 마찬가지다. 샤일록이나 유다뿐만 아니라 악마까지도 지금은 '선'이라는 커다란 바퀴의 부러진 살에 지나지 않지만 그들의 때가 오면 온전해지리라 생각한다.

돌이켜보면 이상하게도 셰익스피어를 처음 읽으면서 유독 불쾌한 느낌을 많이 받았던 것 같다. 지금도 제일 좋아하는 희곡일 뿐만 아니라 하나같이 밝고 부드럽고 몽환적인데 처음에는 별로 깊은 인상을 받지 못했다. 아마도 아이들의 삶이란 게 워낙 평소에도 밝고 흥겹다 보니 특별한 느낌으로 다가오지 않았던가 보다. 그러나 "아이의 기억처럼 미덥지 못한 게 또 있을까. 분명 그랬 다고 하다가도 언제 그랬냐는 게 그들이 아니던가."

그 후에도 나는 셰익스피어의 희곡을 참 많이 읽었다. 어떤 것들은 외우기까지 했다. 그러나 아직도 그중 어떤 것을 콕 집어 제일 좋아한다고 말하지 못한다. 그때 내 기분이 어떠냐에 따라 좋아하는 것이 달라지기 때문이 다. 짤막한 노래나 소네트도 내게는 드라마만큼이나 신 선하고 놀라운 의미를 지닌다. 이렇듯 셰익스피어라면 더하거나 덜한 게 없으리만치 모든 작품을 하나같이 좋 아하건만, 글자 하나 구절 하나에 이르기까지 분석해놓 은 비평과 주석을 찾아 읽는 일은 지루하기 짝이 없는 노동이다. 그들의 해석을 기억하려고 노력해보지 않은 건 아니지만 도무지 진전이 없고 성가시기만 했다. 결국 나 자신과 몰래 손가락 걸고 약속을 하나 맺기에 이르렀 다. 다시는 이런 짓을 하지 않기로. 그런데 그만 이 약속 이 키트리지 교수에게 셰익스피어를 배울 때 깨져버리고 만 것이다. 물론 셰익스피어뿐 아니라 이 세상에 대해서도 배워야 할 게 많다는 걸 나도 잘 안다. 그뿐 아니라 한 꺼풀 한 꺼풀 드리워진 베일이 걷어질 때마다 아름다움과 지혜로움의 새로운 장이 그 모습을 드러내는 걸 목격하는 일은 정말이지 큰 기쁨이다.

시 다음으로 내가 좋아하는 건 역사다. 손에 넣을 수 있는 역사책이란 역사책은 모조리 구해 읽었다. 그저 과거에 있었던 사건과 날짜를 나열해놓은 연대표에서부터 존 리처드 그린의 불편부당하고도 유려한 명문이 빛나는 『영국 사람들의 역사』에 이르기까지, 그리고 에드워드 오거스트 프리먼의 『유럽사』에서 이프라임 에머튼의 『중세』에 이르기까지 닥치는 대로 읽었다. 내게 역사의 가치를 일깨워준 책은 열세 살 생일에 선물로 받은 윌리엄 스윈턴의 『세계사』였다. 오늘에 와서는 더 이상 타당한 견해로 간주되지 못하고 있으나 그때 이후로 쭉 내게는 소중한 보물 중 하나였고 지금도 그러하다. 어떻게 해서 민족의 대륙 간 이동이 일어날 수 있었으며 도시가 건설될 수 있었는지, 어떻게 초기 절대군주가 모든 것을 발아래 둘 수 있었으며 어떻게 그의 말 한 마디에 수

백만 명이 행복해지기도 하고 그보다 더 많은 사람들이 불행해지기도 했다는 것인지, 어떻게 여러 나라가 저마다 예술과 지식을 개척하며 다가올 시대의 더 큰 성장을 위해 스스로 자기 토대를 허무는 것인지, 어떻게 그토록 고매한 문명이 막을 내리며 대학살과 같은 퇴보를 보일 수 있는 것인지 그리고 다시 또 불사조처럼 떨치고 일어날 수 있는 것인지. 그렇다, 나는 이 책에서 위대한 선각자와 현자들이 불가사의한 인류를 위해 자유와 관용과 교육의 기치를 높이 들고 구원으로 가는 길을 열어왔음을 배웠다.

대학에 들어와선 독일어와 프랑스어 문학작품을 가까이 할 기회가 많아졌다. 독일인은 삶에서뿐만 아니라 문학에서도 아름다움보다는 힘을, 인습보다는 진리를 더 높은 자리에 두었다. 독일인의 삶과 문학에선 살아 꿈틀대는 열정이, 쇠망치로 내리치는 것 같은 힘이 느껴진다. 그들은 말할 때 어떻게 해야 듣는 사람이 감동할까에는 관심을 두지 않는 게 분명하다. 듣는 저들보다 제가 먼저, 자신의 영혼 속에서 불타오르는 생각을 토해놓지 않고서는 심장이 터져버릴 것 같기 때문이다.

독일 문학에는 훌륭한 자기 절제가 있다. 독일 문학의 이런 점이 나는 참 좋다. 그렇다고 해서 작품의 주된 광휘가 그 빛을 잃느냐 하면 전혀 그렇지 않다. 독일 문학에서 나는 자기희생적인 사랑에 빠진 여인에게서 엿보이는, 그 모든 희생을 보상받고도 남을 저력을 발견한다. 내가 보기에 이 정신은 독일의 모든 문학작품을 관통하며 면면히 흐르고 있다. 괴테의 『파우스트』에선 이렇게 신비스럽게 표현되고 있다.

········

세상 모든 것이 덧없다 하나

상징으로는 남고,

지구가 황량하다지만

보라, 오늘도 여기 만물은 자란다.

형언할 길 없으나

이미 이루었으며,

여인의 영혼은 우리를 이끄네,

높이 더 높이.

········

프랑스 작가 중에선 몰리에르와 라신이 좋다. 발자크와 메리메의 작품에는 한 줄기 강한 바닷바람처럼 읽는 이의 마음을 강타하는 매력이 있다. 그러나 알프레드 드 뮈세에게는 기대하지 말라! 나는 또한 빅토르 위고를 흠모한다. 그는 천재다. 이에 나는 내 취향 여부를 떠나, 내가 가장 좋아하는 작가는 아니더라도 그의 놀라운 재주와 그만이 가질 수 있는 낭만에 대해 한 마디 하지 않을 수 없다. 위고와 괴테 그리고 실러뿐 아니라 위대한 모든 시인이야말로 영원을 통역해주는 이야기꾼이다. 내 영혼은 겸손하게 그들의 뒤를 좇는다. 그들은 나를 진선미가 하나 된 세계로 인도한다.

제 흥에 겨워 내가 너무 길게 책 이야기를 하고 있는 것 같다. 하지만 이것도 내가 제일로 좋아하는 작가들만 겨우 추린 것일 뿐이다. 혹 내가 이제껏 말해온 친구들의 면면을 보고 왜 이렇듯 비민주적이고 외통수인 인사들만 있는가 생각했다면 그건 뭔가 크게 오해한 것이다. 나는 다양한 이유로 여러 작가를 사랑한다. 칼라일로 말할 것 같으면 위선을 까발리는 냉소와 세련됨과는 거리가 먼 그만의 거친 문체가 좋다. 워즈워스에게서는 자연

과 인간의 하나 됨을 배울 수 있어 좋다. 그리고 토머스
후드,* 나는 그의 기상천외한 괴벽 속에서 묘한 즐거움
을 맛본다. 로버트 헤릭**의 시에선 장미와 백합 특유의,
만져서 알 수 있는 예스러운 향기를 느낄 수 있다. 존 그
린리프 휘티어***의 정열과 정직한 성품을 누가 따를 수
있을까. 개인적으로 그와 친분이 있기에 더욱, 나는 그
의 시를 읽으며 우리의 우정을 회상하고 그로 인해 갑절
의 기쁨을 느낀다는 점을 고백한다. 그리고 마크 트웨인
을 빼놓을 수 없다. 누가 그를 사랑하지 않을 수 있을까.
신들도 그를 사랑하여 온갖 방식으로 그에게 지혜를 허
락하지 않았던가. 그가 혹 염세주의자가 되면 어쩌나 싶
어 신들은 그의 마음에 사랑과 신뢰라는 이름의 무지개
다리까지 걸쳐놓았다. 그 밖에도 자칫 무모하게 보일 만

---

* 1799~1845, 영국의 시인. 희극시의 개척자로 알려져 있으며 그의 시는 사회
  저항시의 모델이 되기도 했다.
** 1591~1674, 영국의 목사이자 시인. "힘이 있을 때 장미꽃 봉오리를 따 모으세
   요"라는 시구로 유명하다.
*** 1807~1892, 미국의 작가. 노예제 폐지론자. '퀘이커의 투사', '자유의 음유시
    인' 등의 별칭이 있다.

치 활기 넘치는 정직의 수호자 스콧이 있다. 그런가 하면 에이미 로웰*처럼 낙천주의의 세례를 받아 기쁨과 선한 의지의 샘이 퐁퐁 샘솟는 작가도 있다.

나는 이 작가들 모두를 진심으로 사랑한다. 때로 작품을 읽으면서 울컥 분노에 사로잡힐 때도 있고 곳곳에서 동정심이 솟아날 때도 있다. 어쨌거나 나는 이 작가들과 그들의 문학작품을 사랑한다.

한 마디로 말해서 문학은 나의 유토피아요, 나는 그 나라의 당당한 시민의 한 사람이다. 내가 나의 유토피아인 책의 나라에서 내 친구들과 친교를 나누는 데에는 보지 못하고 듣지 못하는 내 육체적 장애 따위는 아무 문제가 되지 않는다. 내 친구들 또한 내게 말을 거는 일에 조금도 거북해하거나 당황해하지 않는다. 내가 배우고 깨달은 것이 무엇이든 그들의 큰 사랑과 자비에 견준다면 하등 중요치 않은 것들일 뿐이다.

---

* 1874~1925. 미국의 비평가이며 대표적인 이미지스트 시인.

22

············· 앞에서 장황하게 늘어놓은 '나의 책 읽기'를 읽고 난 독자들이 "뭐야, 이 사람? 그러니까 책 읽는 것 말고는 당최 낙이라고 할 게 없는 사람 아니야?"라고 결론 내리지나 않을까 못내 걱정스러워 말하지만, 나는 그야말로 곳곳에서 다양한 기쁨과 즐거움을 찾는 사람이다.

내가 전원생활, 그것도 야외활동을 얼마나 좋아하는지는 앞에서도 여러 번 이야기한 바 있다. 나는 아주 어린 나이에 노 젓기와 수영을 배웠다. 매사추세츠주 렌섬에서 여름을 날 때였는데 보트에서 살다시피 했다. 친구들이 놀러 오면 그들을 배에 태우고 힘껏 노를 저었다. 그때는 내게 그보다 재미있는 거라곤 없을 정도였다. 물론 나는 배가 나아가는 방향을 잘 가늠하지 못했다. 누군가 한 사람이 고물에 앉아서 방향타 역할을 해주어야 했다. 그러나 부평초와 백합 그리고 강가에 다보록하게 자라난 풀 향기로 배의 방향을 잡아나가는 일이 얼마나 재미있는지는 해본 사람만이 안다. 노걸이에서 노가 빠져나가지 못하도록 가죽 끈으로 묶어놓는데 노가 물 위에 떠 누우려 할 때마다 물의 저항을 느낄 수 있다. 그럴 때 힘주어 노를 세워 당기면 물살을 거슬러 나아갈 수 있다. 이렇게 바람과 파도와 겨루는 게 나는 참 좋았다. 내 의지와 근육에 복종하는 작은 배를 조종해서 요동치며 반짝이는 물살 위를 미끄러져 나아가고 갑자기 밀려드는 거센 물 앞에서도 침착하게 대처하는 것처럼 신나는 일은 없다.

나는 카누 타기도 즐겼다. 특히 그윽한 달빛 아래서 카누 타기를 좋아했다고 말하면 사람들은 웃을 것이다. 그렇다, 나는 물론 소나무 가지 뒤로 하늘 높이 두둥

실 떠오른 달님이며, 그 달이 우리를 위해 밝히는 오솔길 위의 달빛을 볼 수 없다. 그러나 나도 달이 거기 있다는 것쯤은 안다. 굴대받이에 기대어 물에 손을 담그면 물 위를 스쳐가는 달님의 하늘하늘 반짝이며 흔들리는 옷자락을 만질 수 있을 것만 같다. 때로 어린 물고기가 내 손가락 사이를 빠져나가는 대담한 행동을 해보이기도 하고, 연꽃이 부끄러운 듯 내 손을 꾹 누르기도 한다. 좁고 후미진 곳에 있다가 배를 저어 빠져나올 때 갑자기 주변이 확 트이는 걸 공기의 움직임으로 알 수 있다. 밝은 빛이 만들어낸 온기 같은 것이 나를 감싼다. 이 온기가 태양열을 듬뿍 받아 따뜻해진 나무로부터 온 것인지 아니면 물로부터 온 것인지는 끝내 알 길이 없지만. 이와 똑같은 느낌을 도시 한복판에서도 느꼈던 것 같다. 폭풍우 몰아치는 추운 날이나 밤에도. 마치 얼굴에 와닿는 따뜻한 입술의 감촉처럼.

나는 돛단배 타는 것도 좋아했다. 1901년 여름 노바스코샤를 방문했을 때였는데 바다와 친하지 않았다면 결코 가져보지 못했을 기회를 가졌다. 롱펠로가 매력적인 언어로 엮어낸 아름다운 시, 「에반젤린」의 나라에서 며칠을 보낸 다음, 설리번 선생님과 나는 핼리팩스에 가서 남은 여름의 대부분을 보냈다. 항구는 기쁨이 샘솟는 낙원이었다. 배를 타고 베드퍼드만으로, 맥내브 섬으로, 요크리다우트로, 그리고 노스웨스트암으로 얼마나 멋진 항해를 했는지 모른다. 밤이면 거대하고 고요한 군함에 가려 만들어진 아늑한 공간에서 보낸 시간은 또 얼마나 고즈넉했는지! 아름답고 즐거웠던 날들, 영원히 잊지 못할 것이다.

하루는 정말 끔찍한 일을 당할 뻔했다. 노스웨스트암에서 보트 경주가 열렸는데, 각 군함 소속의 보트란 보트는 모두 참가한 것 같았다. 다른 배들을 따라 우리 배도 경주를 구경하러 갔다. 수백 개의 작은 보트가 바짝 붙어 이리저리 흔들렸고 바다는 잔잔했다. 보트 경주가 끝나고 이제 돌아가려고 방향을 틀 때였다. 일행 중한 사람이 바다 저 끝에 작은 먹구름이 이는 걸 발견했다. 먹구름은 점점 거대해지고 짙어지더니 급기야 하늘을 온통 가려버렸다. 바람이 거세지자 파도가 우리를 덮치기 시작했다. 우리가 탄 작은 배는 두려움 없이 사나운 바람에 맞섰다. 돛은 바람을 잔뜩 안고 밧줄은 팽팽

하게 당겨진 채 바람을 타고 미끄러져 내달렸다. 큰 파도가 들이치고 배는 금방이라도 소용돌이 속으로 빨려 들어가는가 싶더니 다음 순간에는 거대한 파도 위로 솟아올랐다가 금세 성난 울부짖음에 채인 듯 아래로 내리꽂혔다. 우리는 돛을 내리고, 지그재그로 진로를 바꾸어 돛대를 돌리는 등 격렬한 분노로 이리저리 우리를 몰아대는 맞바람과 한참을 씨름해야 했다. 심장 박동이 빨라지고 손이 부르르 떨렸지만 두려워서는 아니었다. 내 선조가 누구인가. 북해를 누빈 바이킹이 아니던가. 내게도 그 피가 흐를 게 분명했다. 또한 우리는 이 배의 선장이라면 능히 이 상황을 헤쳐 나갈 것이라 믿었다. 항해 중에 그가 폭풍우를 어디 한두 번 만났을라고. 숱한 경험의 소유자, 그는 백전노장이었다. 항구에 가까워지자 선박과 전함들이 우리 곁을 지나갔다. 그들은 폭풍을 뚫고 앞으로 나아가는 이 작은 배의 선장에게 경의를 표하며 큰 소리로 격려를 보내왔다. 우리는 춥고 배고프고 지친 상태에서 마침내 목적지인 부두에 도착했다.

나는 지난여름을 뉴잉글랜드의 아름다운 마을, 그중에서도 가장 사랑스럽고 아늑한 시골마을에서 보냈다.

매사추세츠주 렌섬은 내 모든 기쁨과 슬픔을 고스란히 간직하고 있는 곳이다. '필립 왕의 연못' 근처 레드 농장은 오랜 세월 J. E. 체임벌린과 그 가족의 집일 뿐만 아니라 내 집이기도 했다. 그곳에서 그들과 함께 보낸 행복한 날들을 돌이켜보며 친절하게 대해준 가족들에게 무한한 감사를 보낸다. 이 집 아이들과의 따뜻한 우정 또한 너무도 소중한 것이었다. 나는 아이들이 하는 놀이에 결코 빠지는 법이 없었다. 우리는 함께 숲을 거닐고 물놀이를 즐겼다. 난쟁이와 요정, 영웅과 꾀 많은 곰이 등장하는 이야기를 들려주면 깔깔거리며 즐거워하고 쉴 새 없이 재잘대던 아이들의 모습을 떠올리니 즐거워진다.

체임벌린 씨는 내게 나무와 야생화의 놀라운 세계를 열어준 분이다. 그의 인도로 나는 사랑하면 떡갈나무 속을 흐르는 수액의 소리도 들을 수 있고, 잎사귀 하나하나 어루만지는 태양의 손길도 볼 수 있음을 알았다. 나는 이렇듯 보이지 않는 것들의 존재를 확인할 수 있었다.

....

땅속에 자리한 나무뿌리마저도

220 ⋯ 221

나무 높은 꼭대기, 그 기쁨을 함께하고
햇살과 대기와 날개 달린 것들과 더불어
온 가슴으로 품는 자연이여. 나 또한 그러하니.

⋯⋯⋯⋯

아마도 우리에겐 태초부터 오늘에 이르기까지 인류가 경험한 모든 것, 각각의 인상이며 정서 등을 이해하고 받아들이는 능력이 있는 것 같다. 각 개인의 잠재의식 속에 이러한 기억, 다시 말해 푸른 대지와 졸졸 흐르는 물에 대한 인상이 남아 있으므로 혹 보지 못하고 듣지 못하게 되더라도 지난 세대의 눈과 귀를 거쳐 내게 이른, 이 귀하고 복된 선물을 누릴 수 있는 것이다. 이 타고난 능력이야말로 제6감, 보고 듣고 느낀 바를 한데 묶는 여섯 번째 감각, 즉 영감이 아닐까.

렌섬에 머무는 동안 나는 참으로 많은 나무 친구들을 사귀었다. 그중에서도 아름드리 떡갈나무는 어깨가 으쓱해지도록 자랑스러운 친구였다. 나는 친구들을 이끌고 이 대왕나무를 보러 가곤 했다. 그는 '필립 왕의 연못'이 내려다보이는 깎아지른 언덕 위에 서 있었다. 나무에 대해 잘 아는 사람들의 말에 따르면 족히 800년에서 천 년은 되었을 거라고 했다. 인디언 추장 필립이 이 나무 아래서 죽었다는 전설이 전해오기도 한다.

또 다른 나무 친구는 아름드리 떡갈나무보다는 한결 부드럽고 다가가기 쉬운 친구인데, 레드 농장 앞마당에 서 있는 보리수다. 사나운 폭풍우가 몰아치던 어느 날 오후 나는 무엇인가가 벽에 부딪치는 충격을 느꼈다. 아무도 말해줄 필요가 없었다. 그것이 보리수라는 걸 직감으로 알 수 있었던 것이다. 그동안 나의 영웅은 얼마나 여러 차례 모진 비바람을 이겨왔을까. 그를 애도하기 위해 밖으로 나갔다. 이제껏 용감하게 버텨온 그가 이렇듯 장렬하게 쓰러져 있는 걸 보니 심장이 오그라드는 것만 같았다.

지난여름 일을 꺼낸 건 꼭 해야 할 이야기가 있어서였는데 그만 곁가지로 새버렸다. 시험이 끝나자마자 부랴부랴 설리번 선생님과 나는 녹음이 우거진 이곳 외딴 마을을 찾았다. 렌섬이라는 이름을 세상에 알린 유명한 호수 세 곳 중 하나에 우리의 작은 오두막이 있었다. 여기에 오면 시끄러운 세상사며 학교와 공부에 대한 생각은 모두 뒷전으로 밀렸다. 길고 긴 나날이 온통 햇빛 찬란한 날뿐이었다. 렌섬에 오면 세상 돌아가는 얘기는 그저 풍문으로만 들려온다. 그사이 전쟁이 일어났고 동맹이 체결되었으며 자본가와 노동자들 사이에 투쟁이 벌어지고 있었다. 우리의 낙원 저 너머에서 사람들은 여전히 휴식을 뒤로 미룬 채 비지땀을 흘려가며 역사를 만들어가고 있었다. 그러나 우리는 이런 일엔 통 관심이 없었다. 모든 게 조만간 사라질 일이었다. 다만 호수와 숲과 데이지로 수놓은 너른 들 그리고 향긋한 풀 내음 그윽한 목초지만이 영원히 남을 것이다.

우리 몸엔 여러 기관이 있건만 오로지 눈과 귀에만 집착하는 사람들이 있다. 그들은 내가 도시의 보도를 걷는 것과 시골길을 걷는 게 다르다는 것, 더욱이 다르기만 한 게 아니라 정말 많은 차이가 있음을 안다는 사실에 놀라곤 한다. 그들은 내가 온몸으로 내 주변 상황에 반응한다는, 다시 말해 내가 살아 있다는 사실을 종종 잊어버리는 것 같다. 도시의 혼잡과 소음은 내 얼굴 신경을 자극한다. 보이지는 않지만 수많은 사람들의 끊이지 않는 발소리가 고스란히 느껴진다. 온갖 불협화음의 소요에 내 영혼은 지친다. 딱딱한 포장도로 위를 굴러가는 무거운 짐수레와 단조로운 기계 울림은 신경을 훨씬 더 많이 자극하고 그로 인해 더더욱 괴로울 수밖에 없다. 아무래도 나는 소란스러운 거리를 걸으며 여기저기에서 벌어지는 이런저런 일들에 부지불식간에 주의를 빼앗기고 마는, 눈을 뜨고 볼 수 있는 사람들과는 다르기 때문이다.

시골에선 누구나 자연이 주는 선물을 공평하게 누린다. 따라서 번잡한 도시에서처럼 먹고살기 위해 힘겨운 투쟁을 벌이느라 영혼이 상처받는 일은 없다. 가난한 사람들이 사는 좁고 더러운 거리를 몇 번인가 방문한 적이 있다. 좋은 집에 살면서 날이 갈수록 더욱 튼튼하고 아름다워지는 사람들이 있는가 하면 빛이라곤 손바닥만큼도 들지 않는 고약한 집에 살면서 말라빠지고 나날이 볼품없어져 가는 사람들이 있는 이유는 도대체 뭐란 말인가.

이 더러운 뒷골목에서 우글우글 몰려다니는 아이들은 하나같이 헐벗고 굶주려 있다. 혹 당신이 손을 뻗기라도 하면 그 아이들은 때리려는 줄 알고 잔뜩 움츠러들 것이다. 가엾은 아이들, 나는 이 아이들 때문에 심장이 오그라든다. 이들을 생각할 때마다 괴로운 마음을 가눌 길 없어 고통스럽다. 아이들만 그런 게 아니다. 그곳에는 뼈마디가 뒤틀리고 등이 굽은 사람들이 있다. 나는 그들의 딱딱하고 거친 손을 만진다. 그러고는 깨닫는다. 이들이 끊임없이 치러야만 하는 투쟁이 온갖 장애물에 맞서는 헛된 노력, 싸움의 연속일 뿐임을. 결국 이들에게 있어 삶은 노력과 기회 사이에 가로놓인 엄청난 불균형을 건너는 것임을. 우리는 말한다. 태양과 공기는 만인에게 내린 신의 선물이라고. 그러나 정말 그러한가? 도시 한구석 거무튀튀한 뒷골목엔 오늘도 해가 들지 않는다. 악취가 진동한다. 인간이 어떻게 같은 형제인 이들을 이런 곳에 유폐할 수 있을까. 그들의 손엔 아무것도 들린 게 없는데 어떻게 "우리에게 일용할 양식을 주옵소서"라고 기도할 수 있을까. 제발 이 도시, 온갖 화려함과 떠들썩함이 출렁이는 황금의 그늘에서 벗어나 숲과 들로, 단순하고 정직한 생활로 돌아가라. 그러면 그대들의 자식들은 고귀한 나무처럼 당당하게 자랄 것이요, 그들의 생각 또한 길가에 핀 꽃처럼 아름답고 순결

해지리라. 한 1년 도시생활을 겪어보지 않았던들 나 또한 이런 생각을 결코 할 수 없었을 것이다.

봄이 찾아와 한결 부드러워진 대지를 다시 밟게 되니 얼마나 기쁜지 모르겠다. 양치식물이 수북이 자란 시내를 따라 잔디밭길을 걷는다. 졸졸졸 흐르던 물살이 떨어지며 폭포를 이루는 곳을 만나면 손을 담그고 놀다가 돌담을 기어올라 확 트인 푸른 초원에 나서면 그만 나도 모르는 새 "야호!" 하고 소리치고 싶은 충동이 솟구쳤다.

산책 다음으로 내가 좋아한 것은 2인승 자전거 뒤 칸에 타고 달리는 것이었다. 앞으로 내달릴 때 얼굴을 때리는 바람이며 쇠로 만든 안장에서 느껴지는 통통 튀는 경쾌함이 이만저만 재밌는 게 아니다. 공기를 가르며 달리노라면 얼마나 상쾌한지 몸도 마음도 하늘로 날아오르는 듯하고 움츠렸던 몸은 기지개를 켜고 심장은 두방망이질했다.

될 수 있으면 나는 길을 걸을 때나 산책할 때나 심지어 배를 탈 때에도 개를 데리고 다닌다. 내겐 개 친구가 여럿 있다. 종류별로 소개하면 몸집이 큰 마스티프, 눈매가 부드러운 스패니얼, 숲이라면 모르는 게 없는 세터, 못생겼지만 정직한 불테리어까지. 그중에서도 내가 특히 좋아하는 친구는 불테리어종으로 유서 깊은 혈통을 자랑한다. 활처럼 굽은 꼬리 하며 아무튼 개 중에서 가장 우스꽝스러운 '표정'을 가진 친구다. 개 친구들은 어찌된 노릇인지 일찌감치 내 신체적 제약을 알아채고는 내가 혼자 있게 되면 늘 가까이 붙어서 다닌다. 나는 이 친구들이 꼬리를 살랑대며 우정을 표시하는 방식이 정말 마음에 든다.

비가 와서 하는 수 없이 집에 있는 날이면 나는 다른 소녀들과 마찬가지로 뜨개질을 하거나 좋아하는 책을 무작위로 골라 아무데나 손 닿는 곳을 펼쳐 읽곤 한다. 때로 친구들과 체커나 체스를 한두 게임 두기도 한다. 나는 게임을 할 수 있는 특수 제작된 장기판을 갖고 있다. 체커의 경우 칸이 잘려 있으므로 그 속에 말을 고정시킬 수 있다. 말의 윗부분을 검은 말은 평평하게, 흰 말은 둥글게 깎아 서로 구별되게 했고, 중앙에 구멍을 뚫어 보통의 말과 왕의 말을 구별하기 위해 놋쇠 손잡이를 달았다. 체스의 경우 말의 크기가 두 종류인데, 흰 것이 검은 것보다 크다. 그러므로 상대방이 한 수 둔 다음 장기판 위를 가볍게 한 번 쓸어보는 것만으로도 말의 움직임을 파악하고 작전을 세울 수 있다. 게다가 구멍에서 구멍으로 말을 옮길 때 나는 진동만으로도 누가 둘 차례인지를 알 수 있었으므로 게임을 하는 데 별 어려움이 없었다.

가끔 혼자 남게 될 때가 있었는데 그러면 심심풀이로 혼자 하는 카드놀이를 즐겼다. 카드 오른쪽 모서리 위에 점자로 어떤 카드인지 알려주는 표시가 되어 있다.

물론 주위에 아이들이 있을 때는 같이 어울리는 것보다 더 재미있는 놀이란 있을 턱이 없다. 아무리 어린아이일지라도 사이좋은 친구가 될 수 있다. 게다가 아이들도 나를 잘 따랐다. 아이들은 이리저리 나를 끌고 다니면서 자기들이 좋아하는 것을 보여준다. 아이들이 아직 어려서 글씨를 쓸 줄 모르면 나는 어떻게 해서든 입술을 읽어 무슨 말을 하는지 알아내려고 애썼다. 읽는 데 실패하면 아이들은 하는 수 없이 벙어리 쇼를 벌이곤 했는데 내가 잘못 알아듣기라도 하면 한바탕 웃음바다가 펼쳐졌다. 그러곤 다시 예의 그 팬터마임이 이어졌다. 나는 아이들에게 재미있는 이야기도 들려주고 놀이도 가르친다. 즐거운 시간은 늘 그렇듯 쏜살같이 날아가고 우리에겐 행복한 추억이 하나 가득 남는다.

　박물관과 미술관 역시 기쁨과 영감을 주는 곳이다. 보지 않고도 차가운 대리석 조각의 형태와 정서 그리고 아름다움을 손으로 더듬어 느낄 수 있다고 하면 사람들은 분명 이상하게 여길 것이다. 그렇지만 위대한 예술작품을 만져봄으로써 참 기쁨을 얻는 건 사실이다. 나는 손가락 끝으로 조각의 굴곡을 더듬어 조각가가 나타내려고 한 생각과 감정을 발견한다. 나는 신들과 영웅들의 얼굴에서 내가 만져본 살아 있는 사람들의 얼굴에서와 마찬가지로 증오와 용기 그리고 사랑을 만난다. 나는 디아나 여신의 자태에서 숲의 자유로움과 아름다움 그리고 사자를 유순하게 만들고 포효하는 기운마저 잠재우는 넘치는 기백을 느낀다. 내 영혼은 비너스의 우아한 곡선과 균형을 좋아한다. 나는 또 바레의 청동조각에서 정글의 비밀을 읽는다.

　내 공부방 벽에는 호메로스의 메달이 걸려 있다. 쉽게 손이 닿을 수 있게 조금 낮게 걸어뒀으므로 원할 때면 언제나 존경하는 마음을 담아 아름답고 슬픔에 찬 그의 얼굴을 볼 수 있다. 그의 얼굴 구석구석, 위엄 있는 이마 주름살 하나에 이르기까지 삶이 남긴 흔적과 그 투쟁의 고단함이 그리고 슬픔이 가득 담긴 얼굴이 이제는 얼마나 낯익은지 모른다. 차디찬 석고상이라고는 하지만 보지 못하는 그의 두 눈은 그가 사랑한 헬라스의 푸른 하늘과 빛을 갈구하며 부릅떠져 있고, 꽉 다문 아름다운 입술은 참되고 다정다감하게 자리하고 있다. 그것은 시인의 얼굴, 슬픔을 아는 남자의 얼굴이다. 아, 내가 왜 모르겠는가. 그의 상실감을. 결코 끝나지 않을 것만 같은 고요의 밤을!

....

오, 어둠이여, 어둠이여.

정오의 이글거리는 태양, 그 아래 너를 둔들 돌이킬

수 있을까.

어둠이여, 완전한 일식이여.

희망은 헛된 꿈이런가!

....

상상의 세계에서 나는 호메로스의 노래를 듣는다. 정처 없는 발걸음이 목적지를 몰라 흔들리고 머뭇거리는 가운데 그는 고귀한 민족의 삶과 사랑 그리고 전쟁과 놀라운 위업을 노래한다. 그것은 놀랍고 영광스러운 노래, 그 노래로 하여 눈먼 시인의 머리엔 불멸의 왕관이 씌워졌다. 시인이여, 부디 오고 오는 세대에게서 영원히 찬사를 받으시기를.

나는 가끔 눈보다 손이 더 조각의 아름다움을 잘 느끼지 않을까 생각한다. 조각의 직선과 곡선, 그 놀라운 음악적 흐름이야말로 보기보다는 만지는 것으로 더 잘 포착할 수 있지 않을까. 어쨌든 이 방법으로 내가 대리석으로 만든 신들과 여신들 속에서 고대 그리스인의 심장 박동을 생생하게 느끼는 것만은 사실이다.

또 다른 즐거움이라면 극장에 가는 것인데 그럴 기회가 그리 많지는 않다. 극본을 읽는 것보다 극장에 가서 배우들을 직접 만나는 게 훨씬 더 재미있다. 배우들이 무대 위에서 어떻게 움직이고 말하는지 일일이 손에 써주는 것을 통해서 아는 것이긴 하지만 어쨌거나 내가 마치 변화무쌍한 사건의 한복판에 살아 있는 것 같은 느낌을 받곤 한다. 게다가 나는 몇 안 되는 유명 배우들을 만나는 특권까지 누렸다. 그들이 누구인가. 우리에게 마법을 걸어 지금이 몇 시인지 어디에 있는지도 잊게 만들 뿐 아니라 다시 가보고 싶은 그 옛날 그 시절로 돌아가게 해주는 이들이 아니던가.

나는 엘런 테리*가 아름다운 왕비로 분장했을 때 그녀의 얼굴이며 의상을 만져볼 기회를 가질 수 있었다. 내면 가득한 슬픔을 위엄으로 다스리며 한 차원 더 높이 승화시키는 기품 넘치는 여인이 거기 있었다. 그녀 옆에는 왕으로 분장한 헨리 어빙**이 서 있었다. 그의 언행과 태도에선 탁월한 지성을 읽을 수 있었고 민감한 얼굴 위의 선 하나하나에선 위엄이 배어나왔다. 그가 쓴 왕의 가면엔 결코 잊지 못할 범접할 수 없는 비애와 냉담함이 담겨 있었다.

나는 또한 조지프 제퍼슨***을 잘 알고 있다. 그를 친구로 소개할 수 있다는 것이 자랑스럽기 그지없다. 내가 머물고 있는 지역에서 그가 출연하는 연극이 상연되기라도 하면 나는 열일 제쳐두고 그를 보러 간다. 처음 그를 만난 건 뉴욕에서 학교에 다닐 때였다. 그가 〈립 밴 윙클〉을 연출할 때였다. 이미 여러 번 책으로 읽은 이야기였지만 연극을 볼 때처럼 립의 침착하고 예스러운 흥취가 돋보이는 매력을 실감한 적은 일찍이 없었다. 제퍼슨 씨의 아름다우면서도 연민을 자아내는 연기는 내 마음을 완전히 사로잡았다. 나는 나이 든 립의 사진을 카메라는 아니지만 손가락으로 찍었다. 이것이야말로 결코 잃어버릴 일 없는 방법이다.

연극이 끝나자 설리번 선생님은 나를 무대 뒤로 데려가 그를 만나게 해주었다. 그는 자신이 입고 있는 특이한 의상이며 길게 늘어뜨린 머리카락과 턱수염을 만져보게 해주었다. 그의 얼굴을 더듬으며 나는 20년이라는 기이한 잠에서 깨어날 때 그가 지었을 표정을 상상할 수 있었다. 그는 나를 위해 다 늙어 노인이 되어버린 가엾은

---

*   1847~1928. 영국의 연극배우. 헨리 어빙의 상대역으로 셰익스피어의 작품에 출연했으며 버나드 쇼와의 서신 왕래로 유명하다.
**   1838~1905. 영국의 대배우. 연극에 대한 공로를 인정받아 배우로서는 처음으로 기사작위를 받았다.
***   1829~1905. 미국의 배우. 워싱턴 어빙 원작 〈립 밴 윙클〉의 각색과 주연으로 유명하다.

립이 휘청거리며 일어서는 모습을 재연해 보여주었다.

나는 그가 나오는 〈연적〉을 본 적이 있다. 보스턴에 머물 때였다. 한 번은 자기를 보러 온 나를 위해 특별히 〈연적〉 중에서도 가장 흥미진진한 부분을 재연해주었다. 우리가 앉았던 응접실이 즉석 무대로 바뀌었다. 그와 그의 아들은 커다란 탁자 옆에 앉아 있었다. 밥 에이커스가 도전장을 쓰고 있었다. 나는 그의 일거수일투족을 따라가며 만졌다. 큰 실수를 저지르고 있는 인간의 익살스러운 몸짓과 거동이 느껴졌다. 선생님이 아무리 세밀하게 묘사해주었더라도 결코 전달할 수 없었을 내용이었다.

이윽고 두 사람이 격투를 벌이기 위해 자리에서 일어났다. 나는 눈 깜빡할 사이에 찌르고 피하기를 반복하는 검의 움직임을 쫓다가 가엾은 밥의 동요를 눈치챘다. 그의 용기가 손가락 끝으로 빠져나가는 것이 느껴졌다. 잠시 뒤 이 위대한 배우가 웃옷을 홱 낚아채더니 입을 씰룩거렸다. 그러자 어느 순간 나는 폴링워터 마을에 와 있었고 슈나이더의 털북숭이 머리가 내 무릎에 놓여 있는 것이었다. 제퍼슨 씨는 〈립 밴 윙클〉의 명대사를 읊었다. 그러자 미소가 사라지고 눈물이 흐르는 것이었다. 그는 내가 할 수 있을 만한 동작을 골라 직접 연기를 해보도록 나를 이끌었다. 물론 연기를 해본 적도 없고 어떻게 해야 할지도 몰라 겨우 얼버무릴 수밖에 없었지만 그의 거장다운 솜씨가 가미되자 그럴듯해졌다. "일단 가버리고 나면 인간은 어찌 그리도 빨리 잊히는 것인지, 원." 립의 한숨 섞인 중얼거림과 오랜 잠에서 깨어나 개와 총을 찾는 허둥거림, 그리고 데릭과 맺은 계약서에 서명하면서 코믹하게 엉거주춤 주저하는 모습은 우리네 실제 삶은 아니지만 너무도 진실해서, 사는 게 마땅히 이래야 하지 않겠는가 생각하게 해주었다.

처음 극장에 갔을 때가 지금으로부터 꼭 12년 전이다. 소녀 배우 엘시 레슬리가 보스턴을 찾았을 때였다. 설리번 선생님은 그녀가 나오는 〈왕자와 거지〉를 보여주겠다며 나를 극장에 데려갔다. 나는 짧은 한 편의 아름다운 연극이 수시로 넘나들던 기쁨과 고뇌의 물결을 결코 잊을 수가 없다. 게다가 이를 연기한 꼬마 천재를 잊지 못한다. 연극이 끝나고 무대 뒤에서 그녀를 볼 기회가 있었다. 그녀는 궁중 의상을 입고 있었다. 이보다 더 사랑스러운 아이가 있을까. 탐스러운 금발을 어깨까지 늘어뜨린 채 방금까지도 무대 위에서 연기에 몰두하던 사람답지 않게 피로한 기색이나 수줍어하는 티도 내지 않고 얼굴 가득 환한 미소를 띠고 서 있었다. 그때 나는 막 말하기를 배우기 시작한 터라 그녀의 이름을 정확히 발음할 수 있을 때까지 수도 없이 연습해온 참이었다. 이제 바야흐로 실물을 앞에 두고 그동안 연습해온 실력을 발휘할 때였다. 소리 내어 인사를 건넸다. 그러자 그녀가 즉시 손을 내밀며 답례를 해왔다. 내가 얼마나 기뻤겠는가.

이 정도면 그래도 제약된 생활이라지만 꽤나 아름다운 세상사를 두루 접해왔다고 할 수 있지 않을까? 세상 만사 어느 것 하나 놀랍지 않은 것이 없다. 비록 어둠과 침묵 속에서 만난 것이라 할지라도 분명 그러하다. 어떤 처지에 있게 되더라도 나는 상황에 만족하는 법을 배운다.

때로 고독이 찾아들고 차가운 안개처럼 나를 에워싼다. 다만 홀로 앉아 기다린다, 인생이 닫아버린 문 앞에서. 저 너머엔 빛이 있다. 음악과 즐거운 사귐이 있다. 입장을 허락받지 못한 채 나는 문 밖에 있다. 누가 내 길을 가로막는가. 운명, 침묵, 무자비? 아, 이 가혹한 처사에 항변하련다. 내 심장은 아직도 이렇듯 펄떡거리고 들끓건만. 그러나 내 혀는 이 고통을 토로하지 못하고 입술까지 이르렀다 내뱉지 못한 말은 헛되이, 삼켜버린 눈물처럼 마음속으로 되돌아올 뿐이다. 침묵은 내 영혼을 짓누르고 저만치 희망이 미소 지으며 속삭인다. "부디 잊어버림으로써 기쁨을 찾기를." 그래서 나는 다른 이의 눈 속에 든 빛을 나의 해로, 다른 이의 귀에 들린 음악을 나의 교향곡으로, 다른 이의 입술에 떠오른 미소를 나의 행복으로 삼으려고 노력한다.

23

············· 나를 정녕 행복하게 해준 사람들이 많이 있다. 이들의 이름이 들어가야만 이 글이 진정 그 가치를 지닐 수 있으리라 생각한다. 그런 이들 가운데 몇몇은 이미 문학계에서 활동하고 있을 뿐만 아니라 많은 이들에게 사랑받는 작가다. 개중에는 독자들로서는 거의 알리 없는 이들도 있다. 그러나 명성과 상관없이 이들 한 사람 한 사람이 내게 미친 영향력만은 다정다감하고 고결하게 살아온 그들 삶과 더불어 영원할 것이다.

우리 삶에는 기념할 만한 날들이 있다. 좋은 시를 대

할 때처럼 우리를 감동시킨 사람을 만난 날, 말로 다할 수 없는 연민을 가득 담아 마주잡은 손의 주인공을 만난 날, 마음이 놀랍도록 평안한, 그 본질에 있어 신성하기까지 한 쉼을 누리도록 자신이 가진 풍요로움을 나누어 주는 사람을 만난 날, 이러한 날이야말로 결코 잊지 못할 기념일이 아닐까.

우리를 사로잡고 놓아주지 않던 온갖 조바심과 걱정, 골치 아픈 일들이 불쾌한 꿈처럼 사라지고 깊은 잠에서 깨어나 우리는 신이 지으신 참된 세계의 아름다움과 조화를 새 눈과 새 귀로 보고 듣는다. 우리 일상에 갑자기 좋은 일을 불러올 만한 의미심장한 무엇이 있어서가 아니다. 요컨대 이런 친구가 곁에 있는 것만으로도 모든 일이 잘 되리라는 느낌이 든다. 아마도 그런 친구를 만난 적도, 살다가 한 번쯤 어디선가 만날 일도 없을지 모른다. 그러나 분명 그들의 조용하고 침착한 성품이 주는 영향력은 우리의 불만을 누그러뜨리는 위로의 술 한 잔이요, 산속의 시냇물이 바다의 소금기를 맑혀 신선하게 하듯 우리를 치유하는 손길이다.

사람들은 자주 내게 묻는다. "사람들이 당신을 귀찮게

하지 않나요?" 무슨 뜻인지는 잘 모르겠으나 혹 어리석고 호기심 많은 사람, 특히 신문사 기자를 지칭하는 것이라면 잘 본 거다. 맞다, 그들은 분명 성가신 사람들이다. 나는 또 내 이해 수준에 맞춰주겠다고 부러 애쓰는 사람들을 좋아하지 않는다. 그들은 걸을 때 굳이 당신에게 보조를 맞추겠다고 보폭을 짧게 하려고 애쓰는 사람들이나 마찬가지다. 어느 쪽이든 위선적이다. 그 위선에 화가 치민다.

내가 만난 사람들의 손은 하나같이 말없는 웅변이었다. 어떤 손은 그렇게 무례할 수가 없다. 어떤 손은 차갑기가 이루 말할 수 없을 정도여서 마치 북동풍과 악수를 나눈 것처럼 기쁨이라곤 느껴지지 않는다. 그런가 하면 어떤 손은 태양광선이라도 감춘 듯 가슴까지 따뜻해진다. 달라붙어 떨어지지 않는 어린아이의 손일지라도 거기엔 타인에게 보내는 사랑스러운 눈길만큼이나 강한 햇살이 가득 들어 있다. 마음이 담긴 악수와 우정 어린 편지야말로 진짜배기 기쁨의 원천이다.

내게는 한 번 만나보지도 못한 먼 곳에 사는 친구들이 많다. 사실 그 수가 너무 많아서 일일이 답장을 보내지 못할 때가 있다. 이 자리를 빌려 말하고 싶은 것은 여러분을 잘 알지는 못하나 여러분의 따뜻한 말 한 마디에 늘 감사한다는 점이다.

내 인생에서 너무도 복된 일이었다고 생각하는 것으로 많은 뛰어난 사람들과 교류할 수 있었다는 점을 들고 싶다. 브룩스 주교*를 아는 사람이라면 누구나 그와 나누는 우정이 얼마나 큰 기쁨을 주는지 헤아릴 수 있을 것이다. 어렸을 때 나는 그의 무릎 위에 앉기를 좋아했다. 한 손은 그의 커다란 손을 쥐고 다른 한 손은 설리번 선생님에게 맡긴 채 그가 들려주는 신과 영의 세계의 아름다운 이야기를 들었다. 아이다운 놀라움과 즐거움으로 그의 이야기를 듣고 있노라면 그의 영혼이 가는 곳까지 함께 이를 수는 없었지만 내 영혼은 삶의 참된 기쁨을 맛볼 수 있었다. 그를 만날 때마다 내 속엔 그가 뿌린 훌륭한 생각의 씨앗이 더욱 아름답고 깊이 있게 무럭무럭 자라갔다. 한 번은 도대체 왜 이렇게 많은 종교가 있

---

* 필립스 브룩스. 19세기 미국의 유명한 설교자.

는 걸까 고민하다 주교님에게 여쭤본 적이 있다.

"헬렌, 이 세상엔 오직 하나의 종교가 있을 뿐이란다. 사랑의 종교 말이다. 네 마음과 영혼을 다하여 하늘에 계신 네 아버지를 사랑하렴. 할 수 있는 한 힘을 다해 하느님의 모든 자녀를 사랑하고 선이 악보다 크고 강함을 잊지 말거라. 그렇게 함으로써 하늘나라의 열쇠를 갖게 되는 거란다."

그는 자신이 가르치는 진리를 실천한 산 증인이다. 그의 숭고한 영혼 속에서 사랑과 해박한 지식이 사물을 통찰하는 힘을 가진 신앙과 서로 융화되었던 것이다.

....

신은 어디 계시는가.

자유케 하고 드높이는 모든 것 속에

겸손과 평안과 위로가 넘치는 곳에

....

브룩스 주교님은 내게 특별한 교의나 신조를 가르친 적이 없다. 그는 내 마음에 크게 두 가지 생각만 심어주었다. 신은 아버지이고 그의 피조물인 우리는 모두 형제라는 것. 내게는 이 두 가지야말로 모든 교의의 바탕이 되는 것이요, 모든 예배의 형식을 이루는 것이라 여겨졌다. 신은 사랑이며 신은 우리의 아버지이고, 우리는 그분의 자녀. 그러므로 구름이 아무리 어둡다 하나 결국 걷히게 마련이요, 잠시 잠깐 옳지 못한 것이 기승을 부리나 결코 승리에는 이르지 못한다.

　나는 현재 이 세상에서 행복을 누리며 살고 있으므로 사실 미래를 생각하는 시간이 그리 많지 않다. 다만 내가 사랑한 친구들이 신의 아름다운 나라 어딘가에서 나를 기다리고 있으리란 것을 잊지 않고 기억할 뿐이다. 세월이 많이 흘렀음에도 그들은 여전히 내 가까이 있는 듯 친근하게 생각되므로 혹 그들이 생전에 그러했듯 내 손을 잡고 상냥하게 말을 걸어온다 하더라도 조금도 이상할 것 같지 않다.

　브룩스 주교님이 세상을 떠나신 후 나는 성서를 처음부터 끝까지 읽어나갔다. 그리고 종교를 다룬 철학책도 몇 권 읽었다. 그 가운데 스베덴보리*의 『천국과 지옥』,

헨리 드러몬드**의 『인간의 향상』 등이 있다. 그러나 그 어디서도 브룩스 주교님이 가르치신 사랑의 교의 이상으로 내 영혼을 만족시키는 신조나 체계를 발견하지 못했다. 드러몬드는 개인적으로도 아는 사람으로 그와 나눈 따뜻하고 힘 있는 악수를 기억하는 것만 해도 내게는 큰 축복이다. 그는 동정심이 많을 뿐만 아니라 아는 것도 많고 싹싹하고 친절해서 누구라도 그와 함께 있으면 심심한 줄 모를 것이다.

처음 올리버 웬델 홈스 박사***를 만났을 때가 마치 어제 일처럼 생생하다. 어느 일요일 오후 설리번 선생님과 나는 박사님 댁으로 초대되었다. 이른 봄이었고 내가 막 말하기를 배운 직후였다. 우리는 곧장 서재로 안내되었다. 박사님은 호드득호드득 소리를 내며 활활 타오르는 벽난로 옆 커다란 안락의자에 앉아 있었다. 그러곤 지난날을 생각하고 있었노라고 말했다.

•　　1688~1772, 스웨덴의 철학자.

••　　1786~1860, 가톨릭 사도교회 설립의 후원자.

•••　　1809~1894, 미국의 의사, 시인, 유머 작가.

"찰스강이 졸졸 흐르며 속삭여주는 소리에 귀 기울이고 계셨던가 보지요?"

내 말에 그는 바로 그렇다고 했다. "그래요. 찰스강은 참 많은 걸 생각나게 한답니다."

잉크와 가죽 냄새만으로도 방에 책이 얼마나 많은지 알 수 있을 정도였다. 냄새에 이끌려 본능적으로 손을 뻗어 책들을 더듬다가 내 손가락이 가닿은 곳은 마침 장정이 아름다운 테니슨의 시집이었다. 그러자 설리번 선생님이 그게 무슨 책인지 알려주었고 나는 그의 시를 암송하기 시작했다.

....

부서지고 부서지며 부서질지니
너 잿빛 차가운 바위여, 오, 바다여!

....

그러나 곧 멈출 수밖에 없었다. 내 손등 위에 눈물이 떨어졌던 것이다. 내가 사랑하는 시인이 울고 있었다. 시인을 울리다니, 나는 어쩔 줄 몰랐다. 그는 나를 그가 앉았던 의자에 앉히고 이것저것 진귀한 물건들을 가져다 내 손에 쥐어주며 만져보게 했다. 그러고는 내게 「방이 있는 앵무조개」라는 시 낭송을 청했는데 그 후 이 시는 내가 가장 좋아하는 시가 되었다. 그 후에도 여러 차례 박사님을 만났으며, 나는 그에게서 시인을 사랑하는 것뿐만 아니라 남자를 사랑하는 법을 배웠다.

홈스 박사님을 만난 지 얼마 되지 않은 어느 아름다운 여름날, 설리번 선생님과 나는 휘티어 씨를 만났다. 장소는 메리맥에 있는 그의 조용한 집이었다. 나는 그의 신사다운 예의범절과 옛 흥취가 담긴 화술에 반하고 말았다. 그는 점자로 된 자작 시집을 가지고 있었는데, 나는 그중에서 「학창시절에」를 낭송했다. 그는 내 발음을 칭찬하며 자기 일처럼 기뻐했고 내 말을 알아듣는 데 별 어려움이 없다고 말해주었다. 그 말에 용기를 얻은 나는 시에 관해 이것저것 물었고 그의 입술 위에 내 손가락을 갖다대고 그의 대답을 직접 들었다. 그는 시에 등장하는 어린 소년은 바로 자기 자신이며 소녀의 이름은 샐리라고 말해주었다. 그 밖의 여러 가지 이야기를 들려주었는데 지금은 그 두 가지 외에는 기억이 나지 않는다. 나는 또 「신을 찬미한다」라는 시를 암송했는데 마지막 구절을 읊고 있을 때 그가 내 손에 노예상 하나를 갖다놓았다. 잔뜩 굽은 몸뚱이에서 족쇄가, 마치 천사가 감옥에 갇힌 베드로를 끌어내올 때 그의 몸에서 사슬이 스르르 풀려나갔듯이 그렇게 풀려 떨어지려 하고 있었다. 다음으로 우리는 그의 공부방을 구경했다. 그는 거기서 설리번 선생님의 위업을 찬양하는 내용을 담아 친필 서명을 했다("사랑하는 제자의 마음을 가로지른 빗장을 푼 그대의 고귀한 위업을 진심으로 찬미하며, 당신의 진실한 친구로부터." 존 휘티어). 그러곤 내게 말했다. "설리번 선생님은 당신 영혼의 해방자입니다." 대문까지 나를 바래다준 뒤 그는 내 이마에 부드럽게 입을 맞추었다. 다음 해 여름에 다시 찾아오겠노라 한 내 약속은 결국 이루어지지 못했다. 약속한 날이 이르기도 전에 그가 세상을 떠났던 것이다.

에드워드 에버렛 헤일 박사는 내 오랜 친구다. 여덟 살 때 만나 쭉 사귀어왔는데, 해를 거듭할수록 그에 대한 내 사랑도 깊어갔다. 그의 지혜롭고 섬세한 보살핌이야말로 설리번 선생님과 내게 시련이 닥칠 때마다 딛고 일어설 큰 힘이었으며 위로였다. 여러 고비 때마다 그는 큰 도움이 되어주었다. 그가 우리를 위해 한 일은 목표를 이루려고 노력하는 수많은 어려운 사람들을 돕는 일이나 진배없었다. 그는 교의라는 낡은 가죽부대를 사랑이라는 새 포도주로 채웠다. 그는 믿는 것이야말로 살아가는 것이요, 자유로워지는 것임을 보여주었다. 그는 자신의 가르침을 삶 속에서 아름답게 꽃피웠다. 그는 누구보다 조국을 사랑했으며, 형제에게 친절을 베풀었으며, 오늘보다 나은 삶을 향한 거짓 없는 욕망을 따라 살았다. 그는 예언자였으며 영혼의 스승이었고 말씀의 실천자였다. 또한 모든 인종, 사해동포의 친구였다. 신이여, 부디 그를 축복하소서!

나는 이미 앞에서 알렉산더 그레이엄 벨 박사와의 첫 만남에 대해 말한 바 있다. 그와는 그 후로도 워싱턴에서, 또 케이프브레턴 섬 한가운데 자리한 아름다운 그의 집에서 행복한 날들을 보냈다. 케이프브레턴은 찰스 더들리 워너의 책으로 유명해진 배드덱과 가까운 곳에 있는 섬으로, 벨 박사의 실험실이 있었고 커다란 브라도 호수 기슭에 너른 평야가 펼쳐져 있다. 나는 거기서 그의 흥미진진한 실험 이야기를 듣느라 시간 가는 줄 몰랐고, 장래 비행선의 원리가 될지도 모를 법칙을 발견하는 데 쏟는 그의 열정을 지지하며 그가 연 날리는 것을 도왔다.

벨 박사는 과학 분야에서도 다방면에 조예가 깊은 학자다. 그가 손대는 것마다 사람들의 흥미를 불러일으키는 놀라운 재주를 지녔을 뿐만 아니라 아무리 난해한 이론이라도 그에게 들으면 재미있었다. 그래선지 그의 이야기를 듣다 보면 누구나 시간 여유만 좀 있다면 자신도 발명가가 될 수 있지 않을까 하는 생각이 든다. 그는 유머 감각과 시인의 자질을 가졌을 뿐만 아니라, 유별나다 싶을 정도로 아이들을 사랑한다. 오죽하면 귀머거리 어린아이를 안고 있을 때만큼 행복한 적이 없다고 하겠는가. 듣지 못하는 사람들을 위한 그의 수고는 현재뿐만 아니라 미래의 아이들에게도 축복이 아닐 수 없다. 그는 많은 것을 이루어냈을 뿐만 아니라 다른 사람들을 일깨우는 데도 앞장섰다. 그런 그를 어찌 사랑하지 않을 수 있겠는가.

뉴욕에서 보낸 2년 동안 나는 이름은 들어 알고 있지만 결코 만나볼 엄두를 내본 적이 없는, 이름만 대면 누구나 알 만한 유명인사들과 이야기할 기회를 많이 가졌다. 대부분 내 친구 로렌스 허턴 씨의 집에서 처음 만났다. 그 아름다운 집에서 그들 부부와 함께 서재를 돌아보고, 재주 많은 친구들이 써 보낸 천부적인 재능이 돋보이는 아름다운 감상과 명민한 사고가 담긴 글을 읽는 것은 내겐 정말이지 커다란 특권이었다. 과연 듣던 대로 허턴 씨는 만나는 모든 사람들에게서 훌륭한 생각과 섬세한 정서를 끌어내는 능력을 갖고 있었다. 그를 이해하기 위해 『내가 알고 있는 소년』 같은 책을 찾아 읽을 필요는 없다. 물론 그 소년은 세상에서 가장 인정 많고 다정다감하며 누구에게나, 심지어는 개들에게까지도 사랑스럽고 충성된 벗이었지만 말이다.

허턴 부인은 진실하고 믿을 만한 친구다. 내가 가장 즐겁고 소중하게 간직하고 있는 것 모두가 사실 그녀가 내게 베푼 것들이다. 그녀는 대학에 다니는 나를 위해 늘 조언과 도움의 손길을 아끼지 않았다. 공부하다 지치고 낙심해 있을 때 그녀가 보내준 편지를 읽으면 기쁨과 용기를 되찾을 수 있었다. 그녀 또한 고통스럽지만 주어진 일을 수행하면 다음번엔 더 쉽고 용이하게 해낼 수 있다는 것을 잘 아는 사람이었기 때문이다.

　허턴 씨는 내게 문학하는 친구들을 많이 소개해주었다. 그중에는 윌리엄 딘 하우얼스와 마크 트웨인이 있었다. 나는 또 리처드 길더와 에드먼드 스테드먼도 만났다. 찰스 더들리 워너와도 사귀었는데 그는 내가 만난 사람 중 가장 재미있게 이야기하는 사람이었다. 나는 정말 그가 좋았다. 그의 사랑과 관심은 그 범위가 실로 광범위해서 가까이 있는 사람만이 아니라 모든 살아 있는 것들에까지 미쳤으며 자기 자신을 사랑하듯 타인을 사랑했다. 한 번은 숲의 시인 존 버로스*를 데리고 와 나와 만나게 해준 적이 있다. 그들은 뛰어난 수필이나 시를 쓴 작가답게 사람을 대하는 태도 또한 매력적이고 친절하고 이해심이 많았다.

　이들 문학하는 친구들은 모여 앉아 이 주제에서 저 주제로 넘나들며 깊이 있는 논쟁을 벌이고 불꽃 튀는 경구와 기분 좋은 익살로 담소를 나누었으나 나는 도저히

---

* 　1837~1921, 미국의 수필가. 자연 속에서 은둔하며 많은 글을 썼다.

그들의 이야기를 쫓아갈 수 없었다. 나는 영락없는 어린 아스카니오스였다. 아버지 아이네이아스*가 하늘의 뜻을 좇아 자신의 운명을 받아들이고 영웅다운 걸음걸이로 늠름하게 행군할 때 뒤에서 보폭을 맞추지 못해 쩔쩔매며 따라가던 아들, 그 자리의 내가 꼭 그 짝이었다. 그러나 그들은 그런 나를 세심하게 배려했다.

길더 씨는 달빛을 받으며 피라미드까지 사막을 횡단하던 밤에 대해 이야기해주었다. 그가 내게 보낸 편지 또한 감동이었다. 그는 내가 손끝으로 찾아 읽을 수 있도록 편지 말미에 자신의 서명을 깊게 꾹꾹 눌러서 써보냈다. 그의 서명을 보자 예전에 헤일 박사가 내게 보내는 편지 서명을 늘 점자로 파서 보냈던 생각이 났다.

나는 또 마크 트웨인의 입술 위에 손을 대고 그가 들려주는 감동적인 이야기를 읽었다. 그는 매사 특유의 독특한 생각과 말과 행동의 소유자였다. 악수를 할 때면 늘 눈을 깜빡였다. 말로는 표현하기 힘든 우스꽝스러운

---

* 베르길리우스의 서사시 『아이네이스』의 주인공.

목소리로 신랄한 냉소를 발할 때조차 사람들은 그의 마음 중심으로부터 넘쳐흐르는 『일리아스』의 인류애를 만난다.

이 외에도 뉴욕에 있을 때 만난 사람들이 여럿 있다. 『세인트 니콜라스』의 편집자인 메리 메이프스 도지 부인과 『팻시』의 작가 리그스 부인*도 그때 만난 사람이다. 이들로부터 많은 선물을 받았다. 작가들의 생각이 담긴 책을 포함하여 영혼을 일깨우는 편지와, 우리가 같은 생각을 갖고 있다는 공감대를 나눈 것 또한 내겐 너무나도 소중한 선물이다. 내가 볼 때마다 묘사해달라고 떼를 쓰는 그들 사진도 빼놓을 수 없다. 친구들 모두를 일일이 소개하기에는 이 지면이 턱없이 부족할 뿐 아니라 그들의 행적은 천사의 날개 아래 숨어 있거나 너무도 신성해서 감히 차가운 활자로 옮길 엄두가 나지 않는다. 로렌스 허턴 부인을 언급하는 데도 많이 망설였던 게 사실이다.

• 1856~1923. 미국의 유치원 운동을 전개한 작가. 리그스는 재혼한 남편의 성이며, 케이트 더글러스 위긴으로 더 많이 알려져 있다.

그러므로 이제 내 친구 둘을 더 소개하는 것으로 마칠까 한다. 한 사람은 피츠버그에 사는 윌리엄 도우 부인이다. 나는 린드허스트에 있는 그녀의 집을 자주 방문했다. 그녀는 늘 누군가를 행복하게 해주었고 그녀의 너그러움과 지혜로움은 누구에게나 유익함을 준다. 선생님과 나는 그녀를 알고 지낸 오랜 세월 동안 참으로 현명한 조언을 듣는 은혜를 입어왔다.

또 한 친구에게 나는 갚을 길 없는 빚을 졌다. 큰 기업체를 운영하는 이름난 사업가인 그는 놀라운 능력으로 뭇사람들의 존경을 한몸에 받고 있다. 그도 그럴 것이 모두에게 친절할 뿐만 아니라 오른손이 하는 일을 왼손이 모르게 하라는 가르침 그대로 남모르는 자선을 꾸준히 베풀고 있기 때문이다. 그런 까닭에 내가 이 자리에서 그의 이름을 밝혀서는 안 되는 줄 안다. 다만 내가 대학에 진학해 공부할 수 있도록 물심양면으로 애정 어린 관심과 호의를 베풀어준 것에 대해 진심으로 감사한다는 말을 이렇게라도 전하고 싶다.

분명한 것은 이런 친구들이 없었다면 결코 헬렌 켈러의 삶은 오늘에 이르지 못했을 거라는 사실이다. 수많은 손길의 도움을 받아 내 신체적 제약은 아름다운 특전으로 바뀌었다. 보지 못하고 듣지 못하나 이제 그 제약이 드리운 그늘 아래서도 나는 내게 주어진 삶의 길을 평안하고 행복하게 걸을 수 있다.

2부

············

사흘만
세상을
볼 수 있다면

• Helen Keller •

....

Three Days to See

헬렌 켈러가 53세에 쓴 수필이다. 이제 원숙한 나이에 접어든 헬렌은
이 글을 통해 시력과 청력을 잃고 살아온 긴 세월 동안 그녀가 간절히
보고 싶고 하고 싶어했던 일을 기쁨에 들떠 묘사하고, 마침내는 3일
만이라도 빛을 보게 해준 하느님께 감사하며 다시 영원한 어둠으로
돌아가겠다고 고백한다. 1933년 『애틀랜틱 먼슬리』 1월호에 발표되었
다. 세계적인 잡지 『리더스 다이제스트』는 이 에세이를 "20세기 최고
의 수필"로 선정했다.

·············· 살날이 얼마 남지 않았다는 사실을 알게 된
주인공이 등장하는 긴장감 넘치는 이야기를 읽어본 적
이 있을 겁니다. 그에게 남은 시간은 1년일 수도, 스물네
시간 단 하루일 수도 있습니다. 하지만 남은 시간이 얼마
든 우리는 이 불운한 사람이 마지막 며칠 혹은 몇 시간
을 대체 어떻게 보낼지 궁금해합니다. 물론 우리 이야기
의 주인공은 할 수 있는 행동이 극히 제한된 수인의 신
세가 아니라 여러 선택지를 가진 자유로운 사람입니다.

　이런 이야기는 만약 우리가 비슷한 상황에 처한다면

어떻게 할지를 생각하게 합니다. 인간으로서 보내는 마지막 시간을 어떤 사건, 어떤 경험, 어떤 만남으로 채워야 할까요? 과거를 돌이켜보면서 우리는 어떤 행복, 어떤 슬픔을 찾아야 하는 걸까요?

우리 삶에 주어진 하루하루를 마치 내일 죽을 사람인 것처럼 살아야 한다는 규칙이라도 있다면 좋지 않을까 이따금 생각합니다. 그러한 태도는 삶의 가치를 분명하게 강조해 보여줄 것입니다. 우리는 친절함과 활력, 그리고 몇 날, 몇 달, 몇 해일지 모르는 미래의 날들 앞에서 잃어버리기 쉬운 감각의 날카로움을 잃지 않고 주어진 날들을 살아야 할 것입니다. 물론 어떤 사람들은 "먹고 마셔라, 그리고 즐겨라" 하는 향락주의적 좌우명에 따라 살겠지만, 대부분의 사람들은 임박한 죽음의 확실성 때문에 삶 앞에 겸허해질 것입니다.

시한부 삶을 선고받은 우리의 불운한 주인공은 마지막 순간 갑작스레 다가온 행운에 의해 구원을 받곤 하는데, 거의 예외 없이 이때 그의 가치관이 변화를 겪습니다. 그는 삶의 의미나 삶의 영원한 정신적 가치를 더 잘 이해하게 됩니다. 죽음의 그림자 아래서 사는 혹은 살았던 사람들은 무엇을 하든 온화한 상냥함을 보인다고 알려져 있습니다.

그러나 우리들 대부분은 삶을 당연한 것으로 여깁니다. 우리는 어느 날엔가 죽을 것을 알면서도 대체로 그날이 먼 미래에 있으리라 생각합니다. 건강할 때 죽음을 상상할 수는 없습니다. 죽음에 대해 생각하는 일은 드뭅니다. 하루는 끝없는 풍경으로 뻗어나갑니다. 그래서 우리는 사소한 일들을 하고, 삶을 대하는 우리 자신의 무관심한 태도를 알아채지 못합니다.

우리의 능력과 감각을 사용하는 데도 그러한 무감각이 작용하고 있지 않은가 걱정이 됩니다. 귀가 들리지 않는 사람만이 청각의 가치를 알고, 눈이 보이지 않는 사람만이 시각에 담긴 다채로운 축복을 실감할 수 있습니다. 하지만 시각이나 청각이 손상되는 경험을 해보지 못한 사람은 자신이 갖고 있는 축복받은 능력을 잘 활용하지 못합니다. 눈과 귀는 집중하지도, 제대로 감상하지도 못하면서 모든 풍경과 소리를 흐릿하게 받아들입니다. 무엇이든 잃어버리기 전에는 소중함을 알지 못한다는, 아프기 전에는 건강의 중요함을 알지 못한다는 흔한 이야기입니다.

때문에 모든 사람이 성년기 초반에 며칠 정도 눈이 멀거나 귀가 머는 경험을 하는 것은 축복이라고 생각합니다. 어둠은 시각의 소중함을, 정적은 소리를 듣는 즐거움을 일깨워줄 것입니다.

때때로 나는 두 눈이 멀쩡한 친구들에게 무엇을 보았는지 묻곤 합니다. 최근에도 친한 친구 하나가 숲 속으로 긴 산책을 갔다가 나를 찾아왔기에 무엇을 보았느냐고 물어보았습니다. "특별한 것은 없었어"라는 답을 들었지요. 그녀의 말을 쉬이 받아들인 것은 내가 이미 그러한 반응에 익숙하며, 이미 오래전부터 눈으로 본다는 것은 사실 아주 적은 것을 볼 뿐임을 알고 있었기 때문입니다.

한 시간이나 숲 속을 걷고서도 특별히 관심 가질 것을 찾지 못하다니 어떻게 그럴 수가 있을까, 나는 스스로에게 물어보았습니다. 보지 못하는 나는 그저 만지는 것만으로도 흥미로운 것을 수백 가지나 찾을 수 있는데 말입니다. 나는 나뭇잎의 섬세한 균형미를 느낄 수 있습니다. 나는 기꺼운 마음으로 자작나무의 부드러운 껍질이나 소나무의 거친 껍질을 쓰다듬습니다. 봄이 오면 겨울잠을 마친 자연이 깨어남을 알리는 첫 신호인 새싹을 찾으리라는 기대로 나뭇가지를 만집니다. 나는 감미롭게 부드러운 꽃의 질감을 느끼고, 나선형 구조를 발견하고는 놀랍니다. 자연의 기적을 알아차린 것만 같습니다. 아주 운이 좋을 때는 작은 나무 위에 부드럽게 손을 얹고 노래하는 새의 기쁜 떨림을 느낄 수 있습니다. 벌어진 손가락 사이로 힘차게 흘러가는 개울의 차가운 물도 나를 기쁘게 합니다. 나는 가장 호화로운 페르시아 융단보다도 솔잎이나 푹신한 풀잎이 쌓인 푸릇푸릇한 양탄자가 좋습니다. 계절의 가장행렬은 끝없이 계속되는 황홀한 연극과도 같으며, 극의 장면은 내 손가락 끝을 스치고 흘러 지나갑니다.

가끔은 이 모든 것들을 직접 보고 싶다는 갈망으로 가슴이 터질 듯합니다. 만지는 것만으로도 이토록 즐거운데 직접 본다면 얼마나 더 아름다울까. 그러나 눈으로 보는 사람들이 더 적게 보는 듯합니다. 온갖 색채와 율동으로 가득한 세계를 대수롭지 않게 여기면서 가진 것을 감사히 여기기보다 갖지 못한 것을 갈망하는 모습이 어쩌면 인간적으로 보일 수 있겠지요. 하지만 빛으로 가득한 이 세상에서 '시각'이라는 재능이 삶을 충만하게 해주는 도구가 되지 못하고 편의를 위해서나 이용되고 있다는 것은 참으로 안타까운 일입니다.

만약 내가 대학의 학장이라면, "눈을 사용하는 방법"이라는 필수 과목을 개설하겠습니다. 선생은 학생들이 이전까지는 알아채지 못하고 지나치던 것들을 제대로 보고, 삶에 즐거움을 더하는 방법을 보여주고자 하겠지요. 학생들의 잠들어 있는 무딘 감각을 깨우고자 할 것입니다.

내가 만일 사흘만이라도 볼 수 있다면 무엇을 가장 보고 싶은가 상상해봅니다. 내가 이런저런 상상을 하는 동안 당신도 앞으로 단 사흘만 볼 수 있는 상황이라고 생각하면서 함께 고민해볼 수 있을 겁니다. 셋째 날 어둠이 내릴 때, 이제 다시는 빛이 비추지 않을 것임을 알고 있다면 이 소중한 사흘을 어떻게 살아가시겠습니까? 당신이 가장 보고 싶은 것은 무엇인가요?

저는 당연하게도 오랜 세월 어둠 속에서 보내는 동안

내게 너무도 소중해진 것들을 보고 싶습니다. 당신도 자신에게 소중한 것을 오래도록 바라보다가 그 후에 다가올 어둠 속으로 그 기억을 가져가고 싶을 겁니다.

다시 어둠으로 돌아갈 수밖에 없다 할지라도 사흘 동안 세상을 볼 수 있는 기적이 일어난다면, 나는 그 시간을 세 부분으로 나누어 사용하겠습니다.

첫째 날에는 다정함과 친절함과 우정으로 내 삶을 가치 있게 만들어준 사람들을 볼 겁니다. 가장 먼저 어릴 적 내게 찾아와 바깥세상을 알려주신 내 소중한 선생님, 앤 설리번 메이시의 얼굴을 오래도록 보고 싶습니다. 선생님 얼굴의 윤곽을 확인해 기억에 소중히 간직하고, 그 얼굴을 면밀히 관찰하여 보지도 듣지도 말하지도 못하는 아이를 교육하는 힘겨운 과업을 수행하는 데 동력이 된 애정과 인내의 산 증거를 찾고자 합니다. 또한 선생님의 눈빛 속에서 온갖 어려움 앞에서도 당당할 수 있었던 강인함과, 모든 사람들을 향한 깊은 동정심을 찾고자 합니다.

나는 '영혼의 창'이라는 눈을 통해 친구의 마음을 본다는 게 무엇인지 모릅니다. 오직 손끝으로 얼굴의 윤곽을 더듬어가며 '볼' 수 있을 뿐입니다. 친구들의 얼굴을 만져서 웃음, 슬픔, 그리고 다른 많은 감정을 감지하고, 누구인지 알아냅니다. 그러한 접촉으로 그들의 성격까지 포착할 수는 없습니다. 물론 이야기를 나누거나 어떤 행동을 통해 생각과 성격을 알 수도 있습니다. 그러나 친구들을 지켜보고, 여러 가지 표현이나 상황에 대한 반응을 관찰하고, 친구들의 눈빛이나 표정이 변하는 것을 보면서 그들을 깊이 이해할 수 있는 기회가 내게는 없습니다.

적어도 가까이 지내는 친구들은 나와 함께한 수개월 수년에 걸쳐 여러 상황에서 다양한 모습을 보여주었기에 그들에 대해서는 잘 안다고 할 수 있습니다. 그러나 가끔 어울리게 되는 친구들에 대해서는 악수를 하거나 손끝을 입술에 대고 읽어내거나 또는 내 손바닥에 써준 그들의 말을 통해 얻은 불완전한 인상만이 있을 뿐입니다.

표정의 미묘한 변화, 근육의 떨림, 손의 흔들림 등을 관찰하여 사람의 본성을 파악할 수 있으면 얼마나 좋을까요. 그렇지만 한편으로 이런 생각도 듭니다. 눈으로 본다고 해서 친구나 지인의 내면을 들여다본다고 할 수 있을까요? 혹시 당신은 그저 무심하게 친구를 쳐다보지는 않나요?

예를 들어 만약 누가 당신에게 지금 떠오르는 대로 친한 친구 다섯 명의 얼굴을 정확하게 묘사해보라고 한다면 할 수 있겠습니까? 몇몇 분들은 하실 수도 있겠지만 아마도 대부분은 어려울 것입니다. 한 번은 제가 실험 삼아 결혼 생활을 오래한 남편들에게 아내의 눈 색깔을 물어본 적이 있습니다. 그러자 많은 경우 부끄러워하며 정확한 답변을 내놓지 못하거나 모르겠다고 인정하더군요. 그뿐 아니라 아내들은 옷이나 모자를 새로 사 한껏 꾸미거나 가구를 옮겨 집안 분위기에 변화를 줘도 남편이 눈치 채지 못하더라는 불만을 토로하기도 합니다.

눈으로 볼 수 있는 사람들의 눈은 금세 주변을 둘러싼 일상의 것에 익숙해지는 까닭에 놀랄 만한 것이나 화려한 것에만 주의를 기울여 보게 됩니다. 그러나 그런 광경을 볼 때에도 우리 눈은 게으릅니다. 법정의 기록이 매일같이 보여주는 대로, 사건의 '목격자들'은 매우 부정확하게 봅니다. 따라서 하나의 사건은 목격자의 수만큼이나 다양한 모습으로 '보여지는' 것입니다. 어떤 사람은 남들보다 더 보기는 하지만, 시야에 들어오는 걸 모두

볼 수 있는 사람은 없습니다.

아, 만약 사흘만이라도 볼 수 있다면, 무엇을 할까요?

첫째 날은 아주 바쁠 겁니다. 나는 소중한 친구들을 모두 불러서 그들의 얼굴을 오래도록 들여다보며 그들 내면에 깃든 아름다움의 외적 증거를 마음에 각인시켜야 할 테니까요. 또 아기의 얼굴을 오래 응시하며 세상 밖으로 나가길 열망하는 순수한 아름다움과 세상을 살아가면서 겪게 되는 갈등을 알지 못하는 천진함을 포착할 겁니다.

따스함과 부드러움, 쾌활한 우정으로 나를 위로해준 반려견들, 침착하고 신중한 작은 스코티시테리어종 다키, 건장하고 사려 깊은 그레이트데인종 헬가의 충성스럽고 믿음직한 눈을 뚫어져라 보고 싶습니다.

이렇게 바쁜 첫날에 나는 집에 있는 작고 단순한 물건들도 봐두고 싶습니다. 발밑에 깔린 양탄자의 따뜻한 색깔, 벽에 걸린 그림, 다른 집과 우리 집의 사소한 차이를 모두 보고 싶습니다. 내 눈은 아마도 지금까지 읽어온 점자가 새겨진 책을 감사히 둘러보겠지만 눈으로 보는 사람들이 읽는 인쇄된 책에 더 열렬한 관심이 갈 겁니다. 내 삶의 긴 밤 동안 내가 읽고 들어온 책들이 크고 빛나는 등대가 되어 인간의 삶과 정신에 접근하는 가장 깊은 물길을 안내해주었기 때문이겠지요.

첫날 오후 나는 숲으로 긴 산책을 나갈 겁니다. 자연의 아름다움으로 내 눈을 취하게 하고, 볼 수 있는 사람들의 눈앞에 항상 펼쳐져 있을 장대한 광경을 짧은 시간 동안이나마 필사적으로 빨아들이고자 할 것입니다. 숲길 여행이 끝나 집으로 돌아오는 길에는 근처 농장에 들러 부지런한 말이 밭을 가는 모습(어쩌면 트랙터를 보게 될지도 모르겠군요!)과 흙을 가까이하고 사는 사람의 고요한 만족감을 볼 수 있으면 좋겠습니다. 그리고 다채로운 색상의 석양, 그 찬란함을 볼 수 있기를 기원합니다.

자연이 어둠을 명하였지만 인간의 천재성은 인공 빛을 만들었고, 그 덕분에 세상을 더 오래 볼 수 있게 됐습니다. 황혼이 지고 나면 나는 인간이 만든 빛의 세상을 경험하고 두 배나 큰 기쁨을 누리겠지요.

첫째 날 밤, 그날의 기억이 머릿속을 가득 채워서 나는 도저히 잠들 수 없을 겁니다.

첫째 날에 이어 맞은 둘째 날 나는 여명과 함께 일어나 밤이 낮으로 변하는 황홀한 기적을 목도할 것입니다. 잠든 지구를 깨우는 태양의 활약, 그 빛의 장관을 경외하는 마음으로 바라보겠습니다.

이날에는 과거와 현재의 세계를 급하게나마 일별하고 싶습니다. 인류가 진보한 과정을, 시대의 변화무쌍함을 보고 싶습니다. 그 많은 것을 어떻게 하루 동안에 압축해 볼 수 있을까요? 박물관에 갈 겁니다. 나는 가끔 뉴욕 자연사박물관에 가서 전시된 것들을 손으로 만져보곤 했는데, 그곳에 전시된 축약된 지구의 역사와 지구 생물을 내 눈으로 직접 보고 싶었습니다. 덩치는 작지만 탁월한 두뇌를 가진 인류가 나타나기 훨씬 전에 우리 행성을 누비고 다닌 공룡이나 마스토돈이 남긴 거대한 화석과 동물의 진화 과정을 생생하게 표현한 전시물, 인류가 지구상에 안전한 보금자리를 만드는 데 사용한 도구들, 그밖에 자연사의 모든 측면을 보고 싶었습니다.

이 글을 읽는 독자들 중 몇 명이나 이 멋진 박물관에서 흥미로운 전시물을 보았을까 궁금합니다. 물론 많은 사람이 그런 기회를 갖지 못했겠지만, 그럴 기회가 있었던 사람들도 그 경험을 잘 활용하지 못하지 않았을까요. 박물관이야말로 진정으로 눈여겨볼 만한 장소입니다. 눈으로 볼 수 있는 사람은 그곳에서 여러 날을 머물러도 좋겠지만, 나는 사흘밖에 시간이 없으므로 그저 스치듯 보고 지나갈 수밖에 없습니다.

다음으로 갈 곳은 메트로폴리탄 미술관입니다. 뉴욕 자연사박물관이 세계의 물질적 측면을 보여준다면 메트로폴리탄 미술관은 인간 정신의 다양한 면모를 보여줍니다. 인류의 역사에서 예술적 표현에 대한 욕구는 음식이나 보금자리, 종족번식에 대한 욕구만큼이나 강했다고 할 수 있습니다. 여기 메트로폴리탄 미술관의 거대한 방에서 이집트, 그리스, 로마 사람들의 영혼이 깃든 예술품이 전시되어 있습니다. 나는 고대 나일강 주변 땅의 남신과 여신들 조각상을 손으로 만져보아 잘 알고 있습니다. 파르테논 신전의 조각을 복사한 것도 만져보았고, 돌격하는 아테네 전사들의 굴곡진 아름다움도 느껴보았습니다. 아폴로 조각과 비너스 조각, 사모트라케 섬의 날개 달린 승리의 여신상도 손끝으로 만져보았습니다. 울퉁불퉁한 인상에 수염이 난 호메로스는 내게 특별히 소중한데, 그이 또한 눈이 보이지 않는다고 합니다.

내 손은 로마의 살아 있는 듯한 대리석 조각에 머물렀으며, 이후 세대의 작품들도 모두 만져보았습니다. 미켈란젤로가 만든 감동적이고 영웅적인 모세 석고상을 쓰다듬었습니다. 로댕의 힘을 느꼈습니다. 고딕 나무 조각에서 느껴지는 혼에는 가히 압도되었습니다. 이렇게 만져보는 것만으로도 내게는 의미가 있지만, 예술작품이란 원래 만지기보다는 보기 위한 것이죠. 그런데 눈으로 보는 아름다움을 나는 알지 못합니다. 그리스 화병의 간결한 선이 갖는 아름다움을 알 수는 있지만 채색된 장식은 도저히 알 수가 없지요.

그래서 둘째 날에는 예술을 통해 인간의 영혼을 탐구하고자 합니다. 만져서 알게 된 것을 이제 보려고 합니다. 경건한 종교적 헌신을 보여준 고전 미술에서부터 르네상스를 거쳐 열정적인 파격을 보여준 근대 이후 미술에 이르기까지 환상적인 회화의 세계가 내 앞에 펼쳐지다니! 이 얼마나 멋진 일입니까. 나는 라파엘로, 레오나르도 다빈치, 티치아노, 렘브란트의 캔버스를 깊이 들여다볼 것입니다. 베로네세의 따뜻한 색으로 내 눈은 호사를 누리겠지요. 엘 그레코의 신비를 연구하고, 코로에게서 새로운 자연의 모습을 포착할 것입니다. 아, 볼 수 있는 이들은 세기의 작품에서 참으로 풍부한 의미와 아름다움을 만나겠지요!

짧은 시간 동안 예술의 전당을 방문하고 나서 위대한 예술 세계의 일부라도 제대로 봤다고 말하기 어려울 겁니다. 나는 그저 피상적인 인상을 가졌을 뿐입니다. 예술가들은 예술을 깊게, 진정으로 이해하기 위해서는 보는 눈을 길러야 한다고 말하더군요. 사람은 경험을 통해서 선, 구성, 형태와 색에 대해 이해할 수 있겠지요. 내게 볼 수 있는 눈이 있었다면 얼마나 기쁘게 이 멋진 공부를 시작했을까요. 그러나 눈으로 볼 수 있는 사람들도 대부분 예술 세계는 어두운 밤과 같다고 말하더군요.

아름다움의 가치는 경시되고 있습니다. 아름다움의 열쇠를 간직한 메트로폴리탄 미술관을 떠날 때 내 마음은 이곳에 머무르고 싶다는 생각으로 가득할 겁니다. 그러나 볼 수 있는 사람들은 아름다움의 열쇠를 찾기 위해 꼭 메트로폴리탄 미술관을 찾을 필요는 없습니다. 작은 미술관에도, 작은 도서관의 서가에 꽂힌 책에도 똑같은 열쇠가 있을 테니까요. 그러나 나는 눈으로 볼 수 있는 시간이 제한되어 있으므로 가장 짧은 시간에 가장 큰 보물을 보여줄 열쇠가 있는 장소를 고를 수밖에 없습니다.

둘째 날 저녁에는 극장이나 영화관을 찾고 싶습니다. 앞 못 보는 처지인데도 나는 다양한 종류의 연극 공연을 보러 다닙니다. 극의 흐름을 이해하려면 함께 간 친구가 손에 써줘야 하지요. 그러니 햄릿의 환상적인 모습이나 화려한 엘리자베스 시대 풍의 의상을 입은 원기 왕성한 폴스타프를 얼마나 내 눈으로 직접 보고 싶겠습니까. 우아한 햄릿의 동작 하나하나를, 진심 어린 폴스타프의 뽐내는 걸음걸이를 얼마나 흉내 내고 싶겠습니까. 그런데 주어진 시간 동안 딱 한 편밖에 볼 수 없으니 수많은 연극 중에 대체 무엇을 보아야 할까요? 당신은 무엇이든 볼 수 있습니다. 그런데 연극이나 영화나 경관을 볼 때 색이나 품격, 움직임을 보면서 시력의 기적을 고마워하는 사람이 몇이나 될까요?

나는 내 손이 닿는 범위 안에서만 리듬 있는 동작의 아름다움을 즐길 수가 있습니다. 바닥의 진동을 때로 느낄 수 있어서 리듬이 주는 즐거움을 조금은 알고 있지만, 고작 흐릿하게나마 발레리나 안나 파블로바의 우아함을 상상할 수 있을 뿐입니다. 운율에 맞춘 움직임이야말로 세상에서 가장 즐거운 광경일 거라고 상상합니다. 나는 대리석 조각상의 선을 따라 손가락을 움직이며 그 느낌을 간접적으로 알 수 있었습니다. 조각의 정적인 우아함이 이토록 아름답다면 움직이는 몸의 우아함을 보는 황홀함은 얼마나 대단할까요.

내게는 아주 소중한 기억이 하나 있습니다. 조지프 제퍼슨이 립 밴 윙클°을 연기하면서 자신의 얼굴과 손을 만져도 된다고 허락한 적이 있습니다. 그렇게 해서 부족하나마 연극의 세계를 접할 수 있었고, 그 순간의 즐거움을 지금까지도 잊지 못합니다. 물론 앞으로도 그럴 겁니다. 물론 나는 볼 수 있는 사람이 연극 공연을 관람하면서 누리는 즐거움을 온전히 누리지 못합니다. 만약 한 편의 공연이라도 볼 수 있다면 그동안 내가 직접 읽거나 수화로 들은 수많은 연극을 머릿속으로 상상할 수 있을

• 　W. 어빙의 『스케치북』에 등장하는 주인공 이름.

텐데요.

그리하여 둘째 날 밤에는 희곡 작품 속 위대한 인물들이 눈에 어른거려 나는 또 잠을 이루지 못할 겁니다.

볼 수 있는 사람들에게 매일의 여명은 매번 새로운 아름다움을 약속하겠지요. 나 또한 새로운 즐거움을 발견할 기대로 가득 차 새벽을 반길 것입니다.

이날은 눈으로 볼 수 있는 셋째 날이자 마지막 날입니다. 내게는 후회나 그리움에 빠져 낭비할 시간이라곤 없습니다. 볼 게 너무나 많습니다. 첫째 날은 소중한 친구들과 추억이 깃든 물건에 집중했습니다. 둘째 날에는 인류의 역사와 자연에 몰두했습니다. 오늘은 하루하루 살아가는 평범한 삶을 살펴보고 싶군요. 다양한 삶의 방식과 일상의 사건들이 벌어지는 장소로 뉴욕보다 적합한 곳은 없을 겁니다. 그래서 뉴욕이 오늘의 목적지가 되었습니다.

나는 롱아일랜드의 포레스트힐이라는 소박하고 조용한 교외에 위치한 우리 집에서 출발합니다. 이곳에는 초록 잔디와 나무와 꽃으로 둘러싸인 잘 정돈된 작은 집들이 있고, 집집마다 엄마와 아이들의 활기찬 목소리가 넘쳐나며, 도시에서 노동하는 사람들은 여기서 안락한 휴식을 취합니다. 나는 이스트리버를 가로지르는 우아한 철교를 건너 인간의 강인함과 창의성이 낳은 빛나는 미래를 봅니다. 배가 통통거리고 종종거리며 바삐 강을 오갑니다. 경주를 하듯 빠른 배도 있고 둔중하게 증기를 내뿜으며 무겁게 움직이는 배도 있습니다. 볼 수 있는 날이 앞으로도 많이 남았다면 여러 날을 강에서 벌어지는 갖가지 재미난 사건을 관찰하며 지냈을 겁니다.

동화 속에서 튀어나온 것 같은 도시 뉴욕의 환상적인 고층 건물이 펼쳐져 있습니다. 이 얼마나 경이로운 광경인가요. 저 빛나는 첨탑, 철과 돌로 만든 거대한 제방, 신이 자신을 위해서나 지었을 법한 건축물! 이 장면은 수백만 명의 사람들이 살아가는 일상을 포착한 것입니다. 하지만 이 광경을 다시 눈여겨보는 사람이 몇 명이나 될까요? 거의 없겠지요. 그들에게는 너무나 익숙한 광경이기에 이 멋진 풍경을 응시하지 않습니다.

나는 가장 높은 엠파이어스테이트 빌딩 꼭대기로 서둘러 올라가려 합니다. 얼마 전에 여기서 비서의 눈을 빌려 이 도시를 '볼' 기회가 있었답니다. 그러니 내 상상과 실제를 비교해보고 싶은 마음에 걸음이 빨라질 수밖에요. 눈앞에 펼쳐진 실제 세계는 과연 어떨까요. 그것은 또 다른 세계일 테니까 내 앞에 펼쳐진 전경이 상상과 다르다고 해서 실망하지 않을 겁니다.

이제 도시를 직접 돌아볼까 합니다. 먼저 분주한 교차로에 서서 그저 사람들을 쳐다보며 그들의 삶을 조금이라도 이해하고 싶습니다. 사람들의 미소를 보면 행복할 것입니다. 결정을 내린 진지한 표정을 보면 자랑스러울 것입니다. 고통을 보면 동정할 것입니다.

저는 5번가를 따라 걸어갑니다. 집중하여 무언가를 보려고 하기보다는 물결치는 색의 흐름을 봅니다. 색색의 여성복이 무리를 이루어 움직이는 모습은 아무리 보아도 지루하지 않을 겁니다. 한편, 내가 만약 볼 수 있었다면 보통 여자들처럼 갖가지 옷의 재단이나 모양에 더 집중하느라 물결치는 색의 향연은 보지 못했을지도 모르겠습니다. 이토록 아름다운 물건을 이렇게나 많이 볼 수 있다니, 나는 보는 즐거움에 취해 물건은 사지도 않으면서 정신없이 기웃거리며 돌아다니는 고객이 될 게 분명합니다.

이제 5번가에서 출발하여 파크애비뉴로, 슬럼으로, 공장지대로, 아이들이 뛰노는 공원으로 쏘다니며 도시를 구경할 겁니다. 외국인들이 모여 사는 지역을 방문해 이국의 분위기를 느끼고 싶습니다. 내 눈은 행복해 보이는 사람에게도, 슬퍼 보이는 사람에게도 열려 있습니다. 다른 사람들이 어떻게 일하고 살아가는지 더 깊이 이해하고자 합니다. 내 가슴은 사람과 사물의 형상으로 가득 차게 될 겁니다. 내 눈은 사소한 것 하나도 가벼이 지나치지 않고 눈에 들어온 것 하나하나를 어루만지고 끌어안고자 애쓸 것입니다. 때로는 보기에 즐거운 것들이 눈에 들어와 마음이 행복으로 가득 차고 때로는 너무나 비참해서 측은한 마음이 들겠지요. 그러나 비참한 모습 또한 삶의 일부이기에 그런 광경 앞에서도 눈을 감지 않겠습니다. 그 앞에서 눈을 감는 것은 마음과 정신을 닫아 버리는 것과 같을 테니까요.

셋째 날도 이제 끝나갑니다. 어쩌면 남은 몇 시간을 쏟아 부을 만한 더 중요한 일이 있을지도 모르겠지만, 마지막 날 저녁에 나는 극장으로 달려가 코믹한 연극을 보고 인간 정신의 밑바탕에 깔린 희극적 울림을 감상하고자 합니다.

자정이 되면 잠시 뜨였던 내 눈은 다시 감기고 영원한 밤이 찾아오겠지요. 고작 사흘 동안 보고 싶은 것을 다 볼 수는 없었겠지요. 어둠이 다시 내려앉은 뒤에야 얼마나 많은 것을 보지 못했는지 비로소 깨달을 겁니다. 하지만 멋진 기억이 가득하니 후회하지 않겠습니다. 이제 무언가를 만질 때마다 사흘간의 기억이 반짝이며 되살아나 그것이 어떻게 생겼는지 알려주겠지요.

제가 간략하게 세운 계획이 당신의 계획과는 다를지도 모릅니다. 하지만 만약 실제로 당신에게 그러한 운명이 닥친다면 당신의 눈은 이전까지는 본 적이 없는 것을 보게 될 테고, 다가올 긴 밤을 위해 기억을 차곡차곡 쌓아둘 겁니다. 당신은 이전까지와 다른 방식으로 눈을 사용하게 될 것입니다. 당신이 본 모든 것을 소중히 여길 겁니다. 당신의 눈은 시야에 들어오는 것 모두를 어루만지고 끌어안게 될 겁니다. 마침내 당신은 본다는 것의 의미를 깨닫게 될 테고, 아름다운 세상이 새롭게 당신 앞에 열릴 것입니다.

눈이 보이지 않는 내가 눈이 보이는 당신에게 하고 싶은 말은 하나뿐입니다. 시각이라는 능력을 최대한 활용하고자 하는 이들에게 드리는 충고입니다. 내일이면 더는 보지 못할 사람처럼 그렇게, 눈을 사용하십시오. 다른 감각도 그렇게 사용해보세요. 사람의 목에서 나오는 노래를, 새들의 노래를, 오케스트라의 웅장한 선율을, 마치 내일이면 더는 듣지 못할 사람처럼 들으십시오. 마치 내일이면 더는 만질 수 없는 사람처럼 만지고, 마치 내일이면 더는 냄새 맡지 못할 사람처럼 꽃향기를 맡고, 마치 내일이면 더는 맛을 느끼지 못할 사람처럼 음식을 맛보십시오. 우리에게 허락된 감각이란 감각 모두를 최대한 발휘하세요. 자연이 마련해준 여러 수단을 통해 세상이 당신에게 선사하는 모든 아름다움과 즐거움을 만끽하세요. 하지만 나는 이 모든 감각 중에서도 시각이야말로 가장 큰 기쁨을 준다고 믿습니다.

1880년 6월 27일, 미국 앨라배마주 터스컴비아에서 출생.

1882년 1월, 열병을 앓고 난 후 시력과 청력을 잃음.

1886년, 알렉산더 그레이엄 벨과 만남. 벨은 헬렌의 부모에게 보스턴의 퍼킨스 시각장애인학교를 추천해줌.

1887년 3월 3일, 퍼킨스시각장애인학교에서 앤 설리번이 가정교사로서 터스컴비아에 옴. 4월, 펌프가에서 쏟아지는 물을 뒤집어쓰며 '물'이라는 단어를 깨우치고 "영혼이 해방됨." 5월, 연결된 이야기를 읽기 시작함. 7월, 점자 공부를 시작함.

1888년 5월 26일, 보스턴의 퍼킨스 시각장애인학교에 입학.

1890년 3월 26일, 사라 풀러에게 발성법을 배우기 시작.

1893년 벨과 함께 시카고의 세계박람회 견학.

1894년 10월, 뉴욕의 라이트휴메이슨 시각장애인학교에 입학. 그곳에서 2년 동안 체계적으로 공부함.

1896년 10월, 래드클리프대학 예비학교인 케임브리지여학교에 입학.

1900년, 하버드대학교 부설 래드클리프대학 입학.

1902년, 『레이디스 홈 저널』에 「내가 살아온 이야기」 연재.

1903년, 『내가 살아온 이야기』 단행본으로 출간. 『낙관주의 : 한 편의 에세이』 출간.

1904년, 래드클리프대학 졸업. 졸업증서에 '전 과정을 수료했으며 특히 영문학이 우수함'이라고 쓰임.

1906년, 주지사의 추천으로 매사추세츠주 시각장애인교육위원회 위원이 됨.

1908년, 『내가 사는 세상』 출간.

1910년, 『돌담의 노래』 출간.

1913년, 미국 대륙을 횡단하며 강연. 『어둠 바깥으로』 출간.

1916년, 네브래스카, 캔자스, 미시시피 등에서 반전 강연.

1918년, 자신의 삶을 극화한 영화 〈해방〉에 주연으로 출연.

1927년, 『나의 종교』 출간.

1929년, 두 번째 자서전 『인생의 중반에 이르러: 나의 최근의 삶』 출간.

1931년 2월, 템플대학에서 명예박사 학위 받음. 4월, 제1회 세계시각장
애인 회의에 참가.

1932년 6월 15일, 글래스고대학에서 명예박사 학위 받음.

1932년, 『황혼의 평화』 출간.

1933년, 『스코틀랜드의 헬렌 켈러』 출간.

1937년, 한국 방문.

1938년, 『헬렌 켈러의 비망록』 출간.

1941년, 『믿음을 가지자』 출간.

1942년, 2차 세계대전 부상병 구제운동 전개.

1955년, 『선생님 : 앤 설리번 메이시』 출간.

1957년, 『열린 문』 출간.

1964년 9월 14일, 미국 최고 훈장인 자유의 메달 받음.

1965년, 뉴욕 세계박람회에서 여성 명예의 전당에 오름.

1968년 6월 1일, 88세의 나이로 코네티컷의 자택에서 영면.

헬렌 켈러 자서전

사흘만 볼 수 있다면

초판 1쇄 발행 2018년 11월 20일
초판 7쇄 발행 2023년 11월 27일

지은이 헬렌 켈러
옮긴이 박에스더
펴낸이 문채원
편집 오효순
디자인 데시그 윤설란 윤여경
마케팅 이은미

펴낸곳 도서출판 사우
출판등록 2014-000017호
전화 02-2642-6420
팩스 0504-156-6085
이메일 sawoopub@gmail.com

ISBN 979-11-87332-29-9 (03840)

이 도서의 국립중앙도서관 출판시도서목록(CIP)은 서지정보유통지원시스템 홈페이지(http://seoji.nl.go.kr)와
국가자료공동목록시스템(http://www.nl.go.kr/kolisnet)에서 이용하실 수 있습니다.
(CIP제어번호 : 2018034028)